I0682968

www.ingramcontent.com/pod-product-compliance
Lightning Source LLC
Chambersburg PA
CBHW021931170626
46807CB00007B/3056
9781778091339

انتشـــارات
بلوط سرخ

انتشــارات
بلوط سرخ

داستان‌های بلوط سرخ - ۳

عبور از اقیانوس با قایق کاغذی

‌ا مهرداد کریمی ‌ا

ز دانا شنیدم یکی داستان
خرد شد بران نیز همداستان

عبور از اقیانوس با قایق کاغذی
داستان‌های بلوط سرخ - ۳
نویسنده: مهرداد کریمی
ویراستار: محمدرضا یعقوبی
مدیر هنری و طراح گرافیک: عبدالرضا طبیبیان
چاپ اول: پاییز ۱۴۰۱، مونترال، کانادا
شابک: ۹۷۸-۱-۷۷۸۰۹۱۳-۳-۹
مشخصات ظاهری کتاب: ۱۰۸ برگ
قیمت: ۱۰٫۵ £ - ۱۲ € - ۱۶ CAD $ - ۱۲ US $

انتشارات بلوط سرخ
نشانی: 746A, Plymouth Av., Montreal, QC, Canada
کدپستی: H4P 1B1
ایمیل: redoakpublication@gmail.com
اینستاگرام: redoakpublication

برای دخترم،

برای کسانی که عشق می‌ورزند و محبت می‌بخشند،

و برای همه‌ی آنهایی که مفهوم عمیق عشق را به زیبایی دریافته‌اند.

مقدمه

نوشتن از عشق و ساده بیان کردن مطلب، دو کار از فهرست کارهای سخت در نویسندگی هستند که من در این نوشتار، قصد انجام هر دوی آنها را داشتم و پیش خودم اعتراف می‌کنم که به هیچ روی نمی‌توانم مدعی انجام‌شان به شکلی کاملاً مطلوب باشم. این نوشته، همان‌گونه که از سطرهای آغازین آن پیداست، حاصل گفت‌وگوی من و دخترم درباره‌ی عشق بود. شاید این از خوش‌شانسی من بود که توانستم درباره‌ی چنین موضوعی با فرزندم صحبت کنم، چراکه خودم هیچ‌وقت امکان چنین مکالمه‌ای را با والدینم نداشتم، آن هم به شکلی صریح و به مراتب صمیمانه‌تر از آنچه میان نسل ما با بزرگ‌ترهای‌مان وجود داشت.

وقتی شروع به نوشتن کردم، هنوز درباره‌ی بسیاری از مسائل، مردد بودم و هنوز سئوال‌های پرشماری در ذهنم ایجاد می‌شد. پرسش‌هایی که در موقعیت‌ها

و سطرهای گوناگون همین مطلب، به آنها بر خواهید خورد. به احتمال زیاد، هنوز هم پرسش‌هایی زیاد و بی‌پاسخ برایم باقی‌ست، اما تلاش کردم که تا حد امکان، با خودم رو راست باشم و احساسم را بی‌واسطه‌تر و قابل فهم‌تر بیان کنم. گمانم این بود که با نوشتن روزی چند صفحه، ظرف مدتی حدود یکی دو ماه، آن را به انجام خواهم رساند، اما نوشتن مطلب حاضر که پیش روی شماست، بیشتر از سه سال زمان برد. طولانی شدن مدتی که برای این نوشتار صرف شد، این امکان را در اختیارم گذاشت که در زمان‌هایی که حس و حال متناسب‌تری وجود داشت به نوشتن بپردازم و شاید این موضوع کمکی شود برای برقراری ارتباط بهتر متن با مخاطب. امیدوارم که این چنین باشد.

ذکر چند نکته درباره‌ی این نوشته را به عنوان توضیح، خالی از فایده نمی‌دانم.

• بدیهی‌ست که آنچه نوشته‌ام، نگاه و احساس شخصی من است و درباره‌ی موضوع خاص و پیچیده‌ای مانند عشق، حتماً تنوع نگاه و احساس و سلیقه، فراوان است. امیدکه این نگاه‌ها و احساس‌های گوناگون، مجال گفته و شنیده شدن پیدا کنند و فضایی مطلوب از دریافت‌های متنوع را پدید آورند. شاید یادآوری این نکته لازم باشد که این متن، نه یک داستان است، نه اندرزنامه و نه دارای محتوا و رویکرد روانشناسی، گرچه ممکن است ویژگی‌هایی از چنین موضوع‌ها و مطالبی را در خود داشته باشد. متن حاضر در نهایت، دیدگاه‌ها و احساس من درباره‌ی مفهوم و موضوع عشق است که سعی داشته‌ام مفاهیمی را که در این باره به ذهنم رسیده است شرح بدهم. تلاش من بر این بوده است که پیوندی بین فصل‌ها و بخش‌های مختلف ایجاد شود و آنچه از من برمی‌آید آرزوی مطلوب بودن این روند در متن، برای مخاطب و خواننده‌ی گرامی و محترم است.

• در بعضی قسمت‌ها و صفحه‌ها، مثال‌ها و نمونه‌هایی از آثار هنری و داستان‌های مختلف را ذکرکرده‌ام تاکمکی باشد برای درک بهتر منظور و وسعت یافتن دید خواننده. آرزو دارم که فرصت پرداختن جداگانه به موضوع‌هایی مثل

عشق در عرصه‌ی آثار هنری نیز پیدا شود. این کتاب برای من، آغازی‌ست در نگاه دوباره به مسائل انسانی از دیدگاه‌هایی که کمتر مورد توجه قرارگرفته‌اند. نگاه‌هایی عمیق‌تر، قابل فهم‌تر و ملموس‌تر.

• توصیه‌ی معمول در نوشته‌های ادبی، استفاده‌ی کمتر از علامت‌ها و نشانه گذاری‌هایی مانند علامت تعجب (!) است. رعایت این توصیه برایم بسیار دشوار بود اما سعی کردم که در حد توان، این موضوع را مد نظر داشته باشم. در هر حال دوست داشتم آن چنان بنویسم که با آهنگ مناسبِ خواندن متن، هماهنگ‌تر باشد.

• مطابق مورد پیش، ذکر نکته‌ی دیگری را لازم می‌دانم. ویراستاری متن را دوست بسیار عزیز و گرامیم، جناب آقای محمدرضا یعقوبی، با صبر و دقت فراوان به انجام رسانید اما من در نهایت ضمن لحاظ کردن برخی اصلاح‌های ویرایشی مورد نظر ایشان، اولویت را به نوع و آهنگ خواندن متن دادم و مسئولیت هرگونه مورد ویرایشی رعایت نشده در این باره را کاملاً می‌پذیرم.

یکم • اتاق ممنوعه و ساندویچ عشق •

از هنگامی که گاه‌وبیگاه درباره‌ی عشق با هم صحبت کرده‌ایم، از همان وقت‌هایی که آه می‌کشیدی و به من می‌گفتی که تو از عشق چیزی نمی‌دانی و من می‌خندیدم و می‌دانستم که چرا این‌چنین می‌گویی، با خودم فکر می‌کردم که آیا واقعاً باید تعریفی از عشق داشته باشیم؟ یا این‌که بهتر است اجازه دهیم تا هر شخصی، برداشت و نگرش خاص خودش را نسبت‌به آن لمس کند و احساساتش را برای خود نگاه دارد. به‌هرحال ای روزگار گفتن‌های تو و ای کج‌مدار پاسخ دادن‌های من، مرا برآن داشت تا درباره‌ی احساس خودم نسبت‌به عشق و فهمی که از آن دارم، بنویسم. حس کردم که با این کار، تکلیف خودم را نیز با بعضی مسائل ذهنی و زندگی‌ام مشخص‌تر می‌کنم. اما از آنجا که پیوند دادن بخش‌های یک متن کم‌وبیش طولانی، آن‌هم با موضوع عشق، کار ساده‌ای نیست و از نظر من، تقسیم‌بندی خیلی

خاصی هم نمی‌توان انجام داد، ترجیح دادم تا در قالب نوشته‌هایی کوتاه‌تر، مثل قطعه‌های پراکنده، یا هرجورکه می‌توانم، آنچه را در دل و ذهن دارم بیان کنم؛ شاید خواندن‌شان برای تو یا دیگرانی همچون تو نیز خالی از لطف نباشد و صد البته امیدوارم، آن‌قدر خوشایند باشد و از کار درآید که نیمه‌کاره رهایش نکنی، هرچند که یک متن منسجم، با آغاز و پایانی مشخص در اختیار نداشته باشی.

انگار با تناقض‌های عجیبی آغاز کرده‌ایم! اما داستان عشق، حکایت عشق یا احساس عشق، پر است از همین تناقض‌های شگرف؛ و از همین‌روی، داشتن تعریفی جامع و مانع[1] برای آن، هرگز کار ساده‌ای نیست. برای آنهایی که معمولاً تکلیف‌شان با خودشان روشن است یا دست‌کم این‌طور گمان می‌کنند، عشق همان دوست داشتن است یا حتی به‌تعبیری، خوش آمدن. از نگاه این عده، عشق یک مفهوم ثابت است با کمی شدت و ضعف که در مسائل مختلف، با نسبت کم‌وبیش مشابهی صدق می‌کند یعنی همان‌طور که (مثلاً) می‌توان عاشق بستنی میوه‌ای بود، می‌شود عاشق یک انسان دیگر هم بود، می‌شود همان عشقی را که (به‌تعارف) در کلامی دوستانه و عامیانه بیان می‌شود (عاشقتم) به نسبت مساوی برای همه‌ی آنهایی که به‌عنوان دیگران شناخته می‌شوند هم به‌کار برد و این دیگران می‌توانند هر فرد یا شیء یا موجودی در طبیعت باشند. البته با این‌که چندان موافق تعیین حدومرز برای احساس‌ها نیستم، اما به‌عنوان یک استثنا می‌خواهم عشق درونی و ذاتی را از یک بیان لفظی و سطحی ـ که در اینجا منظورم بود ـ جدا بدانم. کمی که دقت کنی، نمونه‌های چنین طرز تفکری را در نزدیکی خودت خواهی دید. تعجبی هم ندارد، این خاصیت همین دوره و زمانه است؛ عشق‌های مجازی، لحظه‌ای و کوتاه، به اندازه‌ی گفتن همان کلمه‌ی «عاشقتم» و تمام.

لذت‌های آنی و بی‌نهایت کوتاه جای عشق‌های پردردسر و زمان‌بَر را گرفته‌است. زمان حالا خلاصه شده‌است در همین قراردادهای همگانی: ساعت، دقیقه، ثانیه، روز، هفته، ماه، سال و ... شده است؛ دمی را سرکردن، شتاب و دویدن، هرچند

---

۱. یعنی تعریفی کامل و بی‌نیاز از توضیح اضافی، آن چنان که نه چیزی بتوان بر آن افزود و نه بتوان از آن کاست.

بی‌هدف، عجله، سرعت، برای هیچ و شاید، برای گذران عمر تا زودتر به‌سر برسد و تمام شود، مثل بازی‌های کامپیوتری، عبور از یک مرحله فقط برای رسیدن به مرحله‌ی بعد، بی آن‌که اتفاق خاصی بیافتد و شاید[۲] تنها نتیجه‌ای که حاصل شود، یک احساس رضایت بسیارکوتاه وگذرا باشد. ایرادی هم وارد نیست. این هم شکلی از شیوه‌ی زندگی است. اینها راگفتم، فقط به‌عنوان مثالی برای یک نوع برخورد با عشق. اسمش را هر چه دوست داری بگذار؛ عشق لقمه‌ای، عشق لحظه‌ای، مجازی یا هر تعبیر دیگری. خوشبختانه اگر در هر زمینه‌ای دچار قیدها و محدودیت‌های گوناگون باشیم، درباره‌ی نام‌گذاری، نسبتاً آزادتریم. اگر از همین آزادی نصفه و نیمه‌مان هم استفاده نکنیم که به خفقان مطلق گرفتار می‌شویم. اسم گذاشتن بر امور زندگی، از همان روش‌هایی است که انجام راحت‌تر و دم‌دستی‌ترکارها را امکان‌پذیر می‌کند چراکه وقتی بر نکته‌ای یا مفهومی اسم می‌گذاریم، دیگرنیازی به شرح و تفسیر نداریم و خب البته به تفسیر دیگران ازاین نام‌گذاری هم معمولاًکاری نداریم و همین‌که کار خودمان را پیش ببریم و راه بیندازیم، کفایت می‌کند.

این مسئله حتی در واژه‌پردازی‌های امروزی هم دیده می‌شود، آن هم بیشتر در میان اصطلاحات کاملاً عامیانه. جالب اینجاست، همین حالاکه مشغول نوشتن این سطرها بودم، به مطلبی منتشرشده ازیک دوست درفضای مجازی برخوردم: اصطلاح‌هایی که درکشورها و زبان‌های مختلف برای بیان عشق و خطاب قرار دادن معشوق به‌کار می‌رود. خودت می‌توانی نقش اسم‌گذاری بر عشق را به‌سادگی در آنها ببینی؛ «نور چشم من (اندونزی)، دماغ بامزه (سوئد)، غاز سریع من، ماهی جهنده‌ی من (چین)، خرگوش من (روسیه)، بادمجان من (ترکیه)، کدوحلوایی من (برزیل)، نخود شیرین من (انگلستان) و حبه‌قند من (اسپانیا)».

می‌بینی؟ گویا هنگامی‌که نمی‌توانی شرح بدهی، بهترین راه، اسم گذاشتن است. نه این‌که بگویم، کار نادرست یا غلطی است، قصد تعیین ملاک و معیار ندارم. آنچه می‌خواهم برایت مشخص کنم، نوع نگاهی است که می‌توان به

---

۲. تفسیر این «شاید» باشد با خواننده‌ی متن.

عشق داشت . حس می‌کنم وقتی عشق را درحد چنین واژه‌هایی قرار می‌دهی، انگار داری بر کوتاه بودن اثرش تأکید می‌کنی، چون تقریباً تمام اصطلاحاتی ازاین‌دست، ویژگی جذابیت کوتاه مدت را با خود همراه دارند و خب، عشق می‌تواند به همین اندازه هم کوتاه باشد: یک خوراک کوچک و کم‌حجم، برای یک لذت کوتاه و احساس رضایت از خوردن و بلعیدن و چشیدن؛ ساندویچ عشق! بی‌ارتباط با روزگار ما هم نیست، به چه فاصله‌ی کوتاهی رسیدیم به کوتاه‌گرایی و حداقل‌گرایی[۳]. البته سابقه‌ی حداقل‌گرایی به خیلی پیش‌تر بازمی‌گردد اما تفاوتی که در زمان‌ها و دوره‌های مختلف درباره‌ی این مفهوم وجود دارد، نوع بروز و نمود و مفهوم قابل دریافت از آن است. برای دوره‌ی ما، انگار به‌جای بیان و دریافت معنایی عمیق و پرمایه در یک متن، یا یک اثر یا به‌واسطه‌ی نشانه‌ای در یک بازنمایی بسیار کوتاه و مختصر، تبدیل شده‌است به عبوری سرسری[۴] و بی‌دقت، یک لذت بسیار گذرا و یک خوشی کوچک و کوتاه برای نماندن و گذشتن. آنچه از مفهوم عمیق‌تر حداقل‌گرایی کاسته شده‌است، همان اثربخشی‌ای است که می‌تواند در فرصت کوتاه ارائه‌اش تجربه شود: یک جور فراموشی خودخواسته یا متداول شده که گویی وظیفه دارد حافظه‌ات را به‌سرعت پاک کند و جایی برای لذت کوتاه بعدی فراهم آورد . درست مثل گوشی‌های هوشمند امروزی که اطلاعات دم‌دستی و فراوان را بعداز یک نگاه مختصر، پاک می‌کنی تا فضای حافظه‌ی تلفن همراهت، زیادی اشغال نشود . انگار دیگر جایی برای مفهوم واقعی عشق در یک نگاه در این شرایط نمی‌ماند.

آن یک نگاه، خودش تأثیری مینیمال دارد، در یک لحظه اتفاق می‌افتد و در همان یک آن، همه‌چیز عوض می‌شود؛ احساسات، علاقه، شوق و دنیایی از حس‌های عجیب‌وغریب، وجودت را فرامی‌گیرد. غم، محبت، شادی، لبخندهای کوچک ناگهانی و ... همه از یادآوری همان یک نگاه نشئت می‌گیرند.

---

۳. همان مینیمالیسم (minimalism).
۴. همان cursory.

باز هم تضاد شگفت‌انگیز به‌وجود می‌آید؛ آن هم به خاطر تهی شدن یک واژه، یک اتفاق، از مفهومی که باید همراه داشته باشد تا به آن هویت ببخشد. عشق در یک نگاه تبدیل می‌شود به ساندویچ عشق! لقمه‌ای برای چشیدن و رفتن به سراغ طعمی دیگر، بدون یادآوری یا متأثر شدن از گذشته و مفتخر بودن به امتحان هزار مزه‌ی مختلف، بی آن‌که تغییری در خودت احساس کنی؛ تبدیل شدن به موجود بی‌مزه‌ای که هزاران مزه‌ی گوناگون را چشیده‌است. درست است که من با این رویکرد میانه‌ای ندارم، اما باز هم باید یادآوری کنم که به‌خودی‌خود، به‌عنوان یک برداشت از عشق یا یک رفتار و رَویه، به‌آسانی نمی‌توان آن را بد یا ناپسند نامید، محو و ناپدید کرد و انتظار داشت که هیچ‌کس آن را بروز ندهد، این‌هم یک انتخاب است و کسی که آن را برمی‌گزیند، تن به شرایطش هم می‌دهد. اشکال کار، بیشتر آن‌جاست که به این شیوه یا رفتار، اسم دیگری بدهیم، شناسنامه و هویتی جعلی برایش بسازیم، مثلاً اسمش را بگذاریم همان عشق در یک نگاه. این یک دروغ ناخوشایند است.

عشق در یک نگاه، به قول قدیمی‌ترها، حُرمت دیگری دارد. آن‌قدر قوی و اثرگذار هست که به خاطرش داستان‌ها بسازند و بپرورانند. این داستان‌ها هم جوری نوشته شده‌اند که اغلب حس می‌کنی همه‌چیز را در سطح و ظاهر خلاصه کرده‌اند اما به‌هرحال حکایت این یک نگاه، با همه‌ی نگاه‌های دیگر فرق دارد. آن‌چه در تصویرهای ذکرشده در داستان‌ها از سیمای معشوق و محبوب نقش شده‌است و مدام شخصیت عاشق‌پیشه‌ی داستان را از دیدن آن برحذر می‌دارند، جلوه‌ای است که چشم از آن نمی‌توان برداشت. گویی نقاشان ماهر و چیره‌دست، به اعجاز قلم‌موهای جادویی خود، زیبایی وجود عشق و معشوق را چنان تصویر کرده‌اند که قلب و ذهن را با نخستین نگاه می‌رباید و رها نمی‌کند.

این همان عشقی است که انگیزه‌ی سفر می‌دهد. جرئت دل کندن و تن به خطر سپردن می‌بخشد و رسیدن به وصال را، حتی به قیمت جان، آسان می‌سازد.

اما آیا واقعاً، فقط دیدن یک تصویر، یک نقاشی (در داستان‌های قدیمی) و برای امروزی‌ها، شاید یک عکس یا تصویر متحرک (همان فیلم و ویدئو) ارزش سفرهای دور و دراز و به جان خریدن آن همه سختی و خطر را دارد؟ صحبت از امروزی‌ها را می‌گذاریم برای بعد، اما درباره‌ی آن داستان‌ها، به‌نظر من، نه آن تصویرها و نقاشی‌ها معمولی و مطابق تصورات ما هستند و نه آن نگاه‌ها و عشق‌ها. شاید حرف مرا زمانی بهتر متوجه شوی که نقاشی‌ها و آثار هنری متعدد و چهره‌های به تصویر کشیده‌شده‌ی فراوانی را ببینی و درپس ظاهر و خط و رنگ‌ها، دنبال حس متفاوتی باشی که حال و هوای بعضی تابلوها به تو می‌دهند؛ به‌خصوص چشم‌ها و نگاه‌ها. حتی چشم‌های نقاشی‌شده هم تا حد زیادی روحیات و احساسات صاحبان‌شان را آشکار می‌کنند و البته نقاش زبردست و خوش ذوقی که نه‌فقط سیمای ظاهری که حس پنهان درپس آن را دریافت می‌کند و به تصویر می‌کشد، به بیننده کمک می‌کند تا در این دریافت شریک شود و دریابد که این احساس خوب و لطیف، این چشم‌های شوخ و نگاه نافذ، این صورت موزون و لبخند صمیمانه که حکایت از پاکی درون و اصالت اندیشه دارد، لایق تحمل همه‌ی سختی‌های عالم است و کسی که بتواند چنین درک عمیق و زیبایی از یک اثر هنری داشته باشد، به‌گمان من، بخش مهمی از راه را پیموده‌است. اما یک نکته‌ی دیگر هم در این داستان‌ها و حکایت‌های عاشقانه نهفته‌است: عشق، آسان به‌دست نمی‌آید. عشقِ دم‌دستی، بی‌هزینه، ارزان و رایگان، بی‌زحمت و راحت، عشق نیست. چه‌قدر کلمات ناتوان‌اند در رساندن معنایی که قصد گفتنش را دارم.

باید بگویم و شاید تأکید کنم که منظورم از ارزان و رایگان، حساب و کتاب پولی رایج در بازار و اقتصاد (آن هم بیشتر به معنایی که امروزه می‌فهمیم و می‌شناسیم) نیست. منظورم بیشتر، همان بی رنج و زحمت به‌دست آمدن و سهل‌الوصول بودن است. اصلاً دوست ندارم از کلمه‌ای مثل سهل‌الوصول استفاده کنم، اما انگار گاهی واقعاً چاره‌ای نیست. بگذار گاهی درباره‌ی بازی‌های ساده با کلمات،

زیاد سخت نگیریم و مفهوم را فدای متن نکنیم؛ مثلاً همین سهل‌الوصول را هرچه می‌خواهی بخوان: راحت‌الحلقوم، آسان‌یاب یا در دسترس... مهم این است که به آنچه می‌خواهم بگویم نزدیک‌تر شوی وگرنه همه‌ی این نوشتار و همه‌ی حرف‌ها و نوشته‌های دیگر من و امثال من، بی‌فایده خواهند بود.

داشتیم از عشق در یک نگاه می‌گفتیم. دوست دارم خود را به‌جای همان قهرمان داستانی بگذارم که ازکنجکاوی وگشتن درگوشه وکنار مخفی و ممنوعه‌ی قصری و عمارتی منع شده‌است. آدمیزاد به‌خودی‌خود، بسیار حریص است به هرچه که ازآن منع می‌شود، دیگر چه رسد به من؛ بچه که بودم، مادرم بعضی خوراکی‌ها یا وسایلی راکه می‌خواست از دست من دور و درامان بمانند، پنهان می‌کرد و بعد که خودش فراموش می‌کرد آنها راکجا گذاشته‌است، جایشان را از من می‌پرسید! حالا نصیحت و اندرز و انذار به چنین آدم کنجکاوی چه سودی داردکه درفلان تالار مخفی نرو یا بهمان دراِتاق و انبار و فلان صندوق را بازنکن. و من، بی‌طاقت و بی‌قرار برای کشف و فهمیدن و سر درآوردن از رازهایی که نباید بدانم و باید بدانم.

بی آن‌که از صدها داستان درباره‌ی آخر و عاقبت نه‌چندان خوشایند نزدیک شدن به آنچه منع شده، پند بگیرم و عبرت پذیرم .ازداستان آدم و حوا و میوه‌ی ممنوعه تا پرومته و آتشی که دزدید تا به آفرینش خود جان وگرما ببخشد تا پاندورا و صندوقی که همه‌ی شرها و بدی‌های عالم درآن پنهان بود وگشوده شدنش، دنیای تاریک آدم‌ها را ازپلیدی و بدبختی‌های بیشتری پُرکرد تا ایکاروس که چون بال پرواز یافت، پند پدر را نادیده گرفت و رو به‌سوی خورشید پرگشود و سقوط کرد و تا همه‌ی حکایت‌های مشابهی که توجه نکردن به هشدارها و پندها، باعث سختی و دشواری و غم و سرگشتگی و آوارگی شده‌اند، بی‌توجه به حرف بزرگ‌ترها (بله، بزرگ‌ترهای مصلحت اندیش که حالا به احتمال زیاد، خودم هم ازنگاه تو، یکی ازهمان‌ها به حساب می‌آیم)، می‌رفتم و با هزاران هیجان و حس پیروزی از

کشفی مخفیانه و دور از چشم دیگران، آنچه را برای مصون ماندن از بلا و آوارگی و اندوه، پنهان نگاه داشته شده بود، پیدا می‌کردم و می‌دیدم.

اما اندکی صبر کن، پیش از مرور رویدادهای بعدی، به یک نکته‌ی مهم برمی‌خوریم؛ این‌که انگار در همه‌ی داستان‌ها، همه‌ی آنهایی‌که ممنوعیت‌ها را وضع می‌کنند، خودشان هم از سفت‌وسخت نبودن حکم‌شان و شکسته شدن توصیه و هشدارشان خبر دارند. پس چرا چیزی را می‌گویندکه می‌دانند رعایت نخواهد شد؟ چرا به حکمی اعتبار وجودی می‌بخشندکه به خدشه‌پذیر بودن و شکنندگی‌اش آگاهند؟ آیا فقط می‌خواهند مسئولیت را متوجه طرف صحبت‌شان کنندکه ماگفتیم و شماگوش نکردید؟ ماگفتیم و شما عصیان ورزیدید! ماگفتیم و شما سرپیچی کردید! حالا هم بروید و عاقبت کارتان را ببینید و سختی‌ها را بچشید تا بلکه بفهمیدکه ما چه‌گفتیم و چراگفتیم.

یعنی آخر هدف و منتهای خواست‌شان همین است؟ یعنی هدف‌شان دلسوزی و خیرخواهی و مصلحت اندیشی بوده است یا اثبات حق به جانب بودن خودشان؟

احساس من این است‌که آنچه در این داستان‌ها سعی شده تا نشان داده شود، نوعی حرکت ناگزیر و ناچار برای دادن فرصت تصمیم‌گیری و انتخاب راه به آیندگان (در این نمونه‌ها، بیشتر، فرزندان) است. گفتن این مطلب با زبان بی‌زبانی، که من می‌دانم تو حرف مرا نشنیده خواهی گرفت، می‌دانم توجه نخواهی کرد، می‌دانم که در پی کشف این راز می‌روی، می‌دانم که به احتمال زیاد، سرگشته و دگرگون می‌شوی، نگاهت تغییر می‌کند، فهم و برداشتت از همه چیز عوض می‌شود، ارزش‌ها در نگاهت و در ذهنت و قلبت و احساست، رنگی دیگر خواهندگرفت و حتی منطق و استدلالت تغییر خواهدکرد، اولویت‌هایت جابه‌جا خواهند شد، انگیزه‌های تازه‌ای خواهی یافت و آرزوهای ناب‌تری خواهی داشت که برای دست یافتنی کردن‌شان، باید حرکت کنی، سفرکنی، تلاشی دوباره آغاز کنی و مرزهای پیشین را درنوردی تا آنچه راکه دریافته‌ای، به تمامی لمس کنی.

اگر چنین شود، تو در آستانه‌ی یک انتخاب خواهی بود، انتخابی که لازمه‌اش، تصمیم و عزم و تلاش و جدیت و سماجت و مداومت و مقاومت و اندیشیدن است و در یک کلام، روی پای خود ایستادن و به پیش رفتن. و یک پدر، زمانی که مرگ را نزدیک می‌بیند و می‌داند که با کوتاه شدن دستش از دنیا، نه اختیاری از خود در این دنیا دارد و نه آن حمایت و نظارت پیشین را می‌تواند برای فرزند یا فرزندانش داشته باشد، ناچار است که نیروی محرکی ایجاد کند به مدد برانگیختن حس کنجکاوی و ایده‌آل‌طلبی و بلند پروازی و جاه طلبی پاره‌ی تنش و او را در آستانه‌ی انتخابی مهم قرار دهد تا بودنش را و صد البته، چگونه بودنش را به چالش بکشد و در مسیر متفاوتی که در پیش می‌گیرد، سرد و گرم روزگار را بچشد و معنای خاص خود از زندگی را دریابد؛ که اگر چنین شود، به خواست خود رسیده است و فرزندش تا سالیان سال، تا پایان عمر و گویی که تا همیشه، به خوبی و خوشی خواهد زیست و مگر یک پدر، چیزی بیش از این آرزو دارد؟

و اما اگر در پی کشف آن راز ممنوعه نرفت و عافیت‌طلبی و تن دادن به وضع موجود را انتخاب کرد و در پیش گرفت، داستان، همان جا پایان می‌پذیرد! چرا که دل سپردن به روزمرگی و گذران بی‌هدف زندگی، در حقیقت، نوعی مرگ تدریجی و فرو رفتن در باتلاق راکد بیهودگی‌ست. اینجاست که من، اگر خود را به جای شخصیت اصلی داستان فرض کنم، در همان گام نخست، با یک پرسش بزرگ دیگر درباره‌ی خودم مواجه می‌شوم. اگر به راستی بدانم که ماجرا چیست، کدام راه را برخواهم گزید؟ آیا درنگ نخواهم کرد؟ از خودم نخواهم پرسید که آیا واقعاً ارزشش را دارد؟ آیا به جای حس کنجکاوی و هیجان‌زدگی از کشف رازی ممنوعه، وسوسه نخواهم شد که فراموشش کنم؟ که بگذارم همه چیز همان‌طور که بوده بماند، به این فکر نکنم که تا سقفی برای آسودن و خوراکی برای خوردن و لباسی برای پوشیدن هست، چه نیازی به عاشق شدن و راه پیمودن و سختی سفر و گذار از دشواری‌ها را به جان خریدن؟ اما اگر به حقیقت، مصلحت در ندیدن و نفهمیدن و ندانستن بود،

چرا این تصویر مسأله‌ساز، این رازخانمان برانداز را باقی گذاشته‌اند؟ چرا نابودش نکرده‌اند؟ چرا نگاهش داشته‌اند که حالا از تو بخواهند از آن دوری بجویی؟ آه که نفرین بر همه‌ی تناقض‌های بی پاسخ عالم! اما اگر ارزشش را داشته باشد چه؟ اگر هر لحظه‌ی این ماجراجویی تازه، بیرزد به همه‌ی آنچه که در زندگی معمول دریافت می‌کنی چه؟ اگر بفهمی که حاضر نخواهی بود، شیرینی این تجربه را با هزار گنج سرشار از زر و سیم و اشیای قیمتی عوض کنی چه؟ بازهم به سراغش نمی‌روی؟ باز می‌گویی که به دردسرش نمی‌ارزد؟ چه گمان می‌کردیم و چه شد؟ به قول حافظ شیرازی، «که عشق آسان نمود اول، ولی افتاد مشکل‌ها». در همان ابتدای کار با هزار پرسش پیچیده دست به گریبان شده‌ایم. تازه هنوز به اینجا نرسیده‌ایم که اگر راز پنهان داشته شده را دیدیم و تصویر ممنوعه را پیدا کردیم و به درد عشق دچار و مبتلا نشدیم، آن وقت تکلیف چیست؟

می‌بینی چگونه می‌شود در اوج احساس‌های عالی، به طنزی غریب گرفتار شد؟ آدمی همین است فرزندم. ولی با همه‌ی اینها باور دارم که در جایگاه قهرمان داستان، باید سرانجام، در پی کشف آن راز مخفی نگاه داشته شده می‌رفتم. باید کلید آن اتاق اسرارآمیز را می‌یافتم، به هر وسیله‌ی ممکن و بی‌صبرانه در انتظار فرصتی می‌بودم تا در را بگشایم و پای در مکانی بگذارم که در اصل، نباید آنجا می‌بودم. و چه حس غریبی است در عصیان، در گشودن قفلی که باید بسته می‌ماند و حالا که باز شده، باید توجیه مناسبی داشته باشی برای نافرمانی از قانونی که خاص تو قرار داده‌اند تا آن را نقض کنی!

در را که باز می‌کنی، پای که در اتاق تازه کشف شده می‌گذاری، روشنی کوچکی که بر می‌افروزی، انتظار داری که ناگهان معجزه‌ای رخ دهد، اتفاقی غیر منتظره، یک شگفتی بزرگ، اما... هر آنچه هست، تابلویی است بر دیوار، شاید در پشت پرده‌ای پنهان باشد. به فاصله‌ی چند لحظه، خود را در برابر تصویری می‌بینی که قرار است زندگیت را، راهت را، وجودت را، اندیشه‌ات را و هر آنچه را که هستی و در

آن به سر می‌بری، دگرگون کند. ولی هنوز گرفتاری با معماهای ذهنت.

چه اشکال دارد که قصه‌ی من طور دیگری پیش برود؟ من احتیاج به دیدن تابلوی نقاشی و چهره‌ی ترسیم شده‌ای با چشمان نافذ و شوخ ندارم. آن درِ قفل شده، آن اتاق مخفی، آن گنجینه‌ی پنهان یا ممنوعه، یک شیء یا مکان بیرونی نیست، قفلی‌ست که بر اندیشه و دل‌مان زده‌ایم، آن هم به اجبار دیگران؛ به اجبار همه‌ی آنهایی که اصرار دارند که خوب و بد زندگی را می‌دانند و می‌خواهند برای ما تعریف کنند، همه‌ی آنهایی که به خودشان اجازه‌ی قضاوت کردن درباره‌ی ما و خواستن‌ها و عقیده‌های ما و حرف‌های ما و انتخاب‌های‌مان می‌دهند و چه راحت هم حکم صادر می‌کنند. این قفل را نباید گشود، باید شکست! این داستان‌ها را هم برای سرگرم شدن من و تو ساخته‌اند! باید مثل پرنده‌ای وحشی پر گشود و جهید و رفت، عشق را در تابلوی روی دیوار نمی‌جویند، عشق، جایی در گوشه‌ی قلب خودت آرمیده است. کلیدی که برای گشودن قفل درِ ممنوعه از آن سخن گفته‌اند، همان یک نگاه است، اما نه با چشم ظاهربین، که با چشم دل گشودن است. نگاهی تغییر دهنده است، دگرگون کننده و گاه خانمان برانداز و ویران کننده. ای وای! عجب! شگفتا! و هزار عبارت حاکی از تعجب و واماندگی و شگفتی دیگر که مستقیم از دل بر می‌آید و بر زبانت می‌نشیند، حاصل دیده بر عشق و معشوق گشودن است. همان نگاهی که عریانی حقیقت را به یاد آدم و حوا آورد و بهشت خوش منظر و سبز و خرم و زندگی آرام و روزمرگی دلپذیر دوست داشتنی را به کویر برهوت تبدیل کرد. چه می‌اندیشیدیم و چه بود؟ حالا با همه‌ی اینها، آیا هنوز هم برگشودن نگاه عاشقانه‌ات به چهره‌ای که تا به حال ندیده‌ای و نمی‌شناسی، اصرار می‌ورزی؟ لعنت بر همه‌ی وسوسه‌های سخت زندگی.

به گمانم که می‌توان انسان را در برابر عشق در یک نگاه، مانند حکایت همان آدم و حوایی دانست که در یک آن، هر چه را در نظرشان دارایی ارزشمند و ثروت بی پایان و زندگی خوش فرجام جلوه می‌کرد، سرابی بر باد رفته یافتند. شروعی

دوباره و از هیچ، از نقطه‌ی آغاز در راهی که پایانش را مسافر عاشق پیشه می‌سازد و تعریف می‌کند. با این حساب، بیش از این‌که چقدر بودن در راه و چه مقدار مسیر پیمودن مهم باشد، کیفیت و چگونگی رفتن، اهمیت دارد. یک شبه هم می‌توان ره صد ساله پیمود، می‌شود اگر باور داشته باشی. و باور به عشق، البته که در عقل عافیت طلب پرسش‌گر چالش برانگیز منطق پذیر دو دو تا چهارتا نیست؛ در قلب عاشق دیوانه‌ی بی مبالات سرگشته‌ی ساختارشکن است. فقط باید به درستی پیدایش کنی و عاریه را به جای اصل برنگزینی. ترانه‌ی عاشقانه‌ی نمایشنامه‌ی شهرقصه را شنیده‌ای؟

میگه هر سکه میشه قلب باشه   اما هر چی قلب شد دل نمیشه

این که چه‌طور و چگونه می‌شود به چنین باور قلبی‌ای رسید، به‌نظرم بیشتر، دست خودمان است. ماییم که راه قلب خودمان را پیدا می‌کنیم، ماییم که قفل‌های بسته شده بر دل و ذهن‌مان را می‌گشاییم و ماییم که سفر می‌کنیم تا درجا نزنیم و به رکود و جمود و روزمرگی دچار نشویم، ولی تا اینجای کار، تازه در اول راهیم.

آری، ما تازه در حال کلنجار رفتن با پرسش‌های بی پاسخ خودمانیم که: چه‌طور ممکن است؟ چگونه می‌شود؟ راه تشخیص باور حقیقی از فریبی که می‌خواهیم به خودمان بباورانیم کدام است؟ و وای بر ما اگر زمانی به پاسخ این سؤال برسیم یا نزدیک شویم که دیر شده باشد! چراکه انسان، مشتاق‌تر است به قبول کردن دروغ و عاریه‌ی بر جای حقیقت نشسته و ترجیح دروغ شیرین بر حقیقت تلخ. هزاران سال است که خودش را این‌چنین فریب داده است تا این تبعید شوم خودکرده را تحمل‌پذیرتر کند و چه مرز باریک پنهان ناپیدای ناملموس غلط اندازی هست بین فریب و حقیقت، میان باور راستین و تلقین دروغین و چه‌قدر، چه‌قدر دشوار است این‌که ناچار باشی خودت به تنهایی، با رجوع به صداقت نهفته در قلبت، باور حقیقی را پیدا کنی، چراکه هیچکس دیگری نمی‌تواند بهتر از خودت، چنین کند.

اما حالا، سخت‌تر از همه این است که متوجه شوی، نتیجه‌ی این همه سعی و تلاش و مراقبه و یافتن، به کار این دوران نمی‌آید و آنچه با تلاش فراوان و رجوع به ژرفای وجودت دریافته‌ای، تقریباً در تضاد با بیشتر قوانین[۵] نوشته و نانوشته‌ی زمان و جامعه و دنیای حاضر است. در روزگار بدی گرفتار آمده‌ایم.

اما باید شجاعت انتخاب داشته باشی، باید تکلیفت را با خودت مشخص کنی و البته خوب می‌دانی که کار، بسی سخت‌تر می‌شود هنگامی که در آستانه‌ی انتخاب بین عقل و دیوانگی[۶] قرار بگیری. اینجا، در روایت ما، به بیانی مشخص‌تر می‌شود گفت که عقل، مصلحت اندیشی است و دیوانگی، به معنا و مفهوم ساختارشکنی. اما ملاحظه‌ی کدام مصلحت و شکستن کدام ساختار؟

بگذار تا برایت کمی حرف‌های پدرانه بزنم، از آنهایی که اگر حوصله‌ی شنیدنش را نداشته باشی کلافه می‌شوی و ذهنت را بر می‌داری و می‌بری به یک جای دیگر، مثل دانش‌آموز و دانشجوی حواس پرت و خسته‌ی سر کلاس؛ اما گاهی هم امتحانی در کار است که مجبورمان می‌کند به بازگشتن و مرور آن گفته‌های کسالت بار. بگذریم، حرف‌های پدرانه یک بدی مهم دارد، آن هم این است که وقتی شنیدن دارد که گوینده‌اش دیگر نیست!

حرف از مصلحت و ساختارشکنی بود. می‌دانی؟ مصلحت، لااقل برای ما و شاید با کمی اختلاف در جزئیات، برای گذشتگان ما، همان وضع موجود است. هر آنچه که داریم، هر آنچه که هست، خوب یا بد، قوی یا ضعیف، مهم این بوده و هست که ثباتی نِسبی دارد. شاید خوب و مطلوب نباشد، اما هست، قابل لمس است، آن را حس می‌کنیم، می‌فهمیم و فقط هنگامی قابلیت رها کردن و گذشتن و چشم‌پوشی دارد که دیگر از آن بدتر ممکن نباشد و به اصطلاح، کارد به استخوان برسد. اگر چه ترس می‌تواند سبب شود که دل از همان هم در آن شرایط نکنی. ترسِ از دست دادن، از آن ترس‌هایی‌ست که رهایت نمی‌کند و عبور و خلاصی از آن، شهامت، اراده

---

۵. اگر نگوییم همه‌ی قوانین.

۶. نه جنون، که همان دیوانگی. مثل دیوانگی از نگاه دیگران در حالی که برای خودت نام و مفهوم دیگری دارد.

و تجربه می‌طلبد و تا چنین نشود، آرامش رهایی از آن را در نخواهی یافت.

عمری ناچار بوده‌ایم به دل‌خوش کردن به آنچه بزرگ‌ترهای‌مان آب باریکه نامیده‌اند، کورسویی از جریان زندگی، اما کم و بیش جاری. خوب که نگاه می‌کنیم، تقصیری هم نداشته‌اند، آشفتگی و بی ثباتی زندگی و روزگار، تو را در خود فرو می‌برد، مُنفعلت می‌کند، چنگ می‌زنی به هر چه هست یا نشانی از بودن دارد و نگاهت را به همین نسبت، کوچک و محدود می‌کنی؛ از دیدن و دیده شدن می‌ترسی، کِز می‌کنی در کنج خلوتت، یا بر خودت عصیان می‌کنی و می‌شوری[7]، به روح و جسمت آسیب می‌زنی و گاهی به دیگران نیز...

این شکل مصلحت اندیشی را هیچ‌وقت دوست نداشته‌ام. بگذار فقط برای تو اعتراف کنم که همواره از این شکل زندگی بیزار بوده‌ام و از آن بدتر، وقت‌هایی که مجبور شده‌ام نقش بازی کنم و زمان‌هایی که به ناچار، به آن تن داده‌ام. دست‌کم، پیش روح آزرده‌ی خود، شرمسارم. شاید برای همین است که همواره در پی یافتن مرهمی، هر چند موقتی بوده‌ام تا اندکی از تلخی گرفتاری در این دور باطل بی‌حاصل بکاهم. شاید برای همین است که قصه‌ها را دوست دارم. داستان‌ها، درمان روح‌های خسته‌اند و اگر تو نیز نویسنده‌ی داستان خودت باشی، می‌توانی انجامی شیرین را رقم بزنی. به گمانم که خوب می‌دانی، چه‌قدر در این باره برایت آرزومندم و هر مقدار هم که حرف‌هایم برایت تکراری و ملال آور بوده باشد، باز هم دلم نیامده که برایت تأکید و تکرار نکنم. بگذریم...

همیشه از قصه‌ی مری پاپینز[8] خوشم می‌آمده، چرا که بیش از هر چیز، حکایت کننده‌ی یک دوره‌ی گذار است. پدر خانواده، کارمند موفق بانک و نمونه‌ی نسبتاً کاملی از یک مرد محافظه‌کار و مقرراتی است و همسرش، علی‌رغم پایبندی ظاهری به سنت‌های جاری و حاکم در روابط خانوادگی، پیگیر مسائلی از قبیل حق رأی و مشارکت زنان در جامعه و قدرت بخشیدن به ایشان و پایان

---

۷. شورش می‌کنی!
۸. Mary Poppins

دادن به نادیده گرفته شدنشان در جریان امور مختلف اجتماعی است. اما دو فرزند کوچکشان (یک پسر و یک دختر)، در میانه‌ی این دو، به دنبال فرشته‌ای نجات‌بخش هستند که دست بر قضا، با چتری سیاه رنگ در دست، از آسمان فرود می‌آید و تمام الگوهای مطلوب پدر را (به عنوان حافظ سنت‌ها و چارچوب‌های سفت و سخت مصلحت اندیشی) به مدد وزش باد شرقی، می‌روبد و شکل تازه‌ای از رنگ و زندگی را در خانه‌ی ایشان جاری می‌کند. حالا، تجربه‌ی غرق شدن در دنیای رنگ‌ها و نقاشی‌ها و رقص بر روی بام‌ها در میان دودکش‌های ملال‌آور، جلوه‌ی تازه و پذیرفتنی و لذت‌بخش‌تری از زندگی را نمایان کرده است.

پدر، قصد دارد در ارتباط خود با بچه‌هایش تحولی ایجاد کند، پس آنها را به محل کار خودش می‌برد. اما نتیجه، چندان برایش مطلوب نیست، زیرا پسرک، از وسوسه‌ی مدیران طماع بانک و نصیحت‌های آینده‌نگرانه‌ی پدرش برای گذاشتن پول اندک خود در بانک می‌گریزد، چون ترجیح می‌دهد که با این پول برای کبوترها دانه بخرد و در این میان، آشوب و هرج و مرج، بانک و مشتریان و مدیرانش را فرا می‌گیرد. ولی سرانجام، اوضاع به‌سامان می‌شود و پدر، برای ارتباط با فرزندانش، کاری را انجام می‌دهد که هم (تا پیش از آن) در ذهن خودش و هم در ادبیات محاوره‌ای انگلیسی، کاری بیهوده به‌شمار می‌آمد: هواکردن بادبادک[۹].

آری، آری، این راهی میانه است برای بخشیدن رنگی به زندگی، برای تحمل‌پذیر کردن شرایط موجود، برای جور دیگر دیدن، برای کمک به خود، مراقبت از خود، این‌ها دیوانگی‌های کوچک تحمل‌پذیر کننده است[۱۰]. راه‌هایی برای تسکین روزمرگی و این روزمرگی‌ها، سالیان سال است که همراه آدمی‌ست و انسان‌ها همواره در فرهنگ‌های مختلف، سعی داشته‌اند که راه‌هایی برای کنار آمدن با آنها پیدا کنند و معمولاً قاشقی پر از شکر، پایین رفتن داروی تلخ را امکان پذیر کرده است[۱۱]! اما ساختارشکنی، می‌شود گفت که مفهومی متفاوت است. به اشتراک گذاشتنش

---

۹. go fly a kite!
۱۰. انیمیشن کوتاه Inner Workings را هم در این باره ببین.
۱۱. از دیالوگ‌ها و ترانه‌های فیلم مری پاپینز: A spoonful of sugar helps the medicine go down!

بادیگران سخت است وگاهی هم ناممکن. گرچه در داستانی که گفتم، ساختارشکنی کوچک پسرک، با مصلحت اندیشی پدر، به یک نقطه‌ی تعامل و تعادل می‌رسد، اما آن‌گونه که من دریافته‌ام، ساختارشکنی، پیچیده‌تر از یک تغییر نگاه یا دیدگاه ساده است؛ به چالش کشیدن باورهاست، سرکشی در برابر چارچوب‌های رایج است، به‌هم ریختن تفکرات جا افتاده‌ی سفت و سخت است و معمولاً یا خیلی از اوقات، دیوانگی باورناپذیر و غیر قابل تحمل است. چیزی فراتر از خوش آب و رنگ کردن شرایط و وضع موجود، برای کنار آمدن و تاب آوردن بیشتر. اما نه! کنار گذاشتن همه‌ی بودن‌ها و داشته‌ها و تعلقات است، برای شروعی دوباره، برای ساختنی از نو و کیست که نداند، تا قالب‌های کهنه را نشکنی، نمی‌توانی پی و بنای تازه‌ای را بنیان‌گذاری و البته این ساختن تازه، برای یکجانشینی و رکود و تکرار مکررات و درجا زدن دوباره نیست، که اگر چنین باشد، کاری بس عبث و بیهوده است. این سازه‌ای‌ست که در وجود خودت پی می‌ریزی، خودت را دوباره می‌سازی و آنچه که به تو نیرو و اراده‌ی این کار را می‌بخشد، همانا عشق است. عشق چه‌ها که نمی‌کند و ببین، عشقی که در یک نگاه، برافروخته وگرم و درخشنده شود، چه نیروی عظیمی‌ست که تو را از درون فرو می‌ریزد و وادارت می‌کند به ساختنی دوباره، آن هم با دقت و حوصله و وسواسی به مراتب بیشتر از پیش که هر قطعه را، هر ذره را، جایی بگذاری که باید باشد و ترکیبی پدید آوری که به تمامی، بازتاب دهنده و زیبنده و شایسته‌ی عشقی باشد که یافته‌ای، تا این حس دُردانه‌ی بی‌بدیل ناب، در جایی نشیند و قرار یابد که سزاوار اوست.

با این حساب، این نیز انتخابی آگاهانه است، اما آگاهی‌ای که از ناخودآگاه می‌جوشد و به احتمال زیاد، با محاسبه‌های معمول و فرمول‌های رایج و ملاحظه‌های پیچیده و حرف‌های تکراری و دم دستی و دهان پرکن، سنخیت و تناسبی ندارد. چه‌قدر این تناقض‌ها بی‌شمارند! اما یک چیز مشخص است، این‌که باید سفرکنی و در نخستین گام، در اولین مرحله، باید از خودت بگذری و همانی که رازها را فاش ساخته و تو را با منع کردن از دیدن تصویرها و گشودن قفل‌ها و راه یافتن به اتاق‌های مخفی، دچار

وسوسه کرده است تا با سخت‌ترین انتخاب‌های زندگیت مواجه شوی، حتماً به این نتیجه رسیده بوده که آن قدر بالغ و بزرگ شده‌ای که بتوانی تصمیم بگیری و برگزینی.

اما چرا پدران و بزرگ‌ترهای قهرمانان قصه‌ها، صاف و ساده و سرراست به ایشان نمی‌گویند که فرزندم، تو دیگر بالغ و بزرگ شده‌ای و می‌توانی عشقی را بیابی که به خاطرش خانه و دیارت را تَرک بگویی و سرد و گرم راه و روزگار را تجربه کنی و درس چگونه زیستن بیاموزی و به وصال برسی و خوشبخت شوی. شاید هم بهتر باشد مانند قبایل بدوی[۱۲] در گوشه و کنار دنیا، مراسم گذار از کودکی به بلوغ و بزرگسالی را برگزار کنند تا با آیین‌های مختلفی که گاه جنبه‌ی معنوی دارد و تولدی دوباره را نمایش می‌دهد و گاهی نیز همچون شکنجه‌های سخت، مستلزم تحمل درد و رنج فراوان است، یادآوری کند و به خاطر سپرده شود که مرحله‌ی تازه‌ای آغاز شده است.

بله، این هم راهی‌ست. آدم‌ها انگار که عادت ندارند حرف‌های‌شان را صاف و پوست کنده و مستقیم بزنند. همین است که همواره در حال خلق و استفاده از نشانه‌ها و اشاره‌ها هستند[۱۳]. چه با آیین‌ها و رسم‌هایی که یاد کردم و چه با زبان استعاره و رمز و ایهام. پس این محل‌های ممنوعه و درهای قفل شده و تصویرهای نادیده (یا نادیدنی) را ابداع کرده‌اند تا هر کدام نشانه‌ای باشند از دنیای کشف ناشده‌ی بلوغ و بزرگسالی. دنیایی که آرام و آهسته باید کشف شود، کلیدهایی که باید پیدا شوند، اسراری که باید با نیروی کنجکاوی و جست‌وجو و (خیلی از اوقات) اندیشه و فکر یا تدبیر، آشکار و قابل لمس گردند تا عشقی که در این میانه ظاهر و احساس می‌شود، ارزشمند و ناب و قابل باشد و به گمانم، چنین عشقی را مستحق قدر دانستن و تلاش‌ها و ماجراجویی‌های بزرگ برای رسیدن، می‌شناخته‌اند. حرف‌های پدرانه طولانی شد، اما تقصیر من نیست، همه‌ی قصه‌های این چنینی با حرف‌های پدرانه آغاز می‌شوند و فراموش نکن که ما نیز هنوز در ابتدای داستانیم.

هنوز غرق در حیرت و شگفتی و سئوال، در مقابل تصویری که ما را از دیدنش

۱۲. البته به قول جامعه شناسان متقدم؛ چون امروزه کاربرد واژه‌ی بدوی را درست نمی‌دانند.
۱۳. خواندن کتاب نشانه‌شناسی رسانه‌ها، اثر مارسل دانسی با ترجمه‌ی دوست خوبم گودرز میرانی را در این باره توصیه می‌کنم.

بر حذر داشته بودند، ایستاده‌ایم (من، تو یا قهرمان داستان)، در حالی که با توجه به آنچه تا اینجای کار گفته‌ایم، گویی هر کدام از اینجا به بعد، سرنوشت متفاوتی خواهیم داشت. اما همیشه این امکان که همسفر شویم یا مسیرمان با یکدیگر تلاقی داشته باشد وجود دارد. قهرمان داستان، خیلی زودتر از من و تو تصمیمش را گرفته و کوله‌بار بسته و راهی سفر شده است. او اگر به معشوق برسد، خوشبخت می‌شود، سرنوشت کم‌وبیش محتوم و مشخص شده‌ای دارد؛ اگر چه با دشواری‌های فراوان دست‌وپنجه نرم کند یا راه‌هایی بسیار طولانی را در نوردد و شگفتی‌های پر شماری را ببیند و دریابد.

تو را نمی‌دانم، اما من به این آسانی‌ها عاشق نمی‌شوم! زود قضاوت نکن، چرا که من نیز به عشق در یک نگاه اعتقاد دارم، اما عشق برای من، جاده‌ی یک طرفه‌ای نیست که چون من پیش آمدم، معشوق نیز باید به استقبال من بشتابد. عقیده‌ام این است که باید لایق عشق بود و این لیاقت باید در هر دو سوی عشق وجود داشته باشد و یا پدیدار شود. نپرس چگونه که پاسخش را با میزان محدود دانسته‌ها و کلمات در اختیارم نمی‌توانم بدهم. فقط شاید بتوانم شرحی از آنچه احساس می‌کنم را در سطرهای بعدی این نوشته و تا پایان آن، بازگو کنم. اگر اینجای قصه باید از نگاه من نوشته شود، بگذار تا متناسب با دنیای خودم حرف بزنم، دنیایی که احتمالاً به دنیای تو نیز نزدیک‌تر است، گر چه شاید خودت، دست‌کم در این سن و سال، به نزدیک بودن‌شان باور چندانی نداشته باشی، اما قبول کن که زمانه، خیلی چیزها را تغییر خواهد داد، همان‌طور که من را، نگاهم را و احساسم را تغییر داده است و این دگرگونی را توقفی نیست و اگر بخت یارمان باشد، می‌توانیم مسیری مشخص‌تر به آن بدهیم.

بگذار از اینجا شروع کنم که برای من، عشق در یک نگاه، بیشتر به معنای عاشق لحظه‌ها بودن است و عشق، یا لااقل احساس لذت و رضایت و خشنودی از عشق، درک و دریافتن همین لحظه‌هاست. دنیای پیرامونت را با دقت بیشتری نگاه کن.

تمام احساس‌های گوناگون ما، حاصل لحظه‌هایی متفاوت است که یا پیش می‌آیند و یا خودمان آنها را می‌آفرینیم. وقتی از این دیدگاه به ماجرا بنگری، ناگهان خود را در تلاطم چشم‌اندازها و نشانه‌ها و رویدادهای انبوه و بی‌نهایت پرشماری می‌بینی که هر کدام برای هر انسانی می‌تواند مفهومی خاص و منحصربه‌فرد داشته باشد. منظره‌ای که برای تو خوشایند و آرامش‌بخش است، ممکن است برای دیگری اندوهبار یا کسالت آور باشد، موسیقی‌ای که به‌گوش تو، خوشایند و دلنشین یا نشاط‌انگیز است، شاید برای یکی همچون من، غمناک یا دلگیرکننده به‌نظر برسد و برعکس، آنچه به من حس خوبی می‌بخشد، برای تو بی معنی و پوچ و بیهوده جلوه کند. آدم‌ها، لحظه‌ها را برای خودشان می‌سازند و عشق‌ها را نیز همین‌طور. در این بین، هستند کسانی که می‌توانند هر لحظه، خوبی‌ای یا نشانه‌ی خوشایندی در وجود معشوق بیابند یا حتی بیافرینند و همیشه عاشق بمانند. می‌توان آنها را آدم‌های خوشبختی دانست که چنین توانایی مهمی دارند، هرچند که ممکن است از نظر عده‌ای دیگر، چنین اشخاصی فقط احمق‌های خوشحال دانسته شوند.

به مجنون گفت روزی عیب‌جویی

که پیدا کن بِه[۱۴] از لیلی نکویی

که لیلی گر چه در چشم تو حوری‌ست

به هر عضوی ز اعضایش قصوری‌ست

ز حرف عیبجو مجنون برآشفت

در آن آشفتگی خندان شد و گفت

اگر بر دیده‌ی مجنون نشینی

به غیر از خوبی لیلی نبینی

تو مو می‌بینی و من پیچش مو

تو ابرو، من اشارت‌های ابرو

---

۱۴. یعنی بهتر از لیلی. شعر از وحشی بافقی است. البته در منابع مختلف این شعر را به صورت‌های دیگری هم نوشته‌اند. این به نظر من دلنشین‌تر بود.

تو قد می‌بینی و من جلوه‌ی ناز

تو چشم و من نگاه ناوک‌انداز

تو لب می‌بینی و دندان که چون است

دل مجنون ز شکر خنده خون است

این شاید سرراست‌ترین شعر یا سخنی باشد که در این باره سراغ دارم و احتمالاً به همین خاطر هم در حافظه‌ام مانده است، وگرنه علاقه‌ی چندانی به ترکیب کردن نوشته‌هایم با شعر و شاعری ندارم. داشتم از لحظه‌ها می‌گفتم و عشق و احساسی که جلوه کننده‌ی در لحظه‌هاست و خوشبخت دانستن آنهایی که می‌توانند لحظه‌های عاشقانه را در وجود خود تازه کنند و بیافرینند و زنده نگاه دارند. اما اگر چنین عاشقانی به معشوق نرسند، آیا بازهم می‌شود آنها را خوشبخت دانست؟ از یک جهت، ایشان کسانی هستند که گوهر عشق را در وجود خویش، زنده و روشن نگاه داشته‌اند و معشوق را هم می‌شناسند و تنها قسمتی را که کم دارند، رسیدن به اوست. برقرار نگاه داشتن عشق، حتماً نکته‌ی مهمی‌ست، اما از سوی دیگر، اگر مهم‌ترین بخش این ماجرا، رسیدن به معشوق باشد، تمام آن تلاش‌ها و عشق‌ورزی‌ها، بیهوده جلوه می‌کند. پس....، چه شکست خوردگان بخت برگشته‌ای!

آدمی، همواره در مرز باریک خوشبختی و سقوط، گام‌هایی لرزان بر می‌دارد، اما به گمان من، تمام این مرزها و تعریف‌ها، حاصل قاعده‌ها و قضاوت‌هایی است که ما، حتی اگر بخواهیم باور کنیم که نقشی در شکل گرفتن‌شان داریم، بازهم به ناچیز یا اندک بودن این نقش، کاملاً آگاهیم و اگر با خودمان تعارف نداشته باشیم، خواهیم پذیرفت که اینها لزوماً قاعده‌های زندگی ما نیست؛ و اگر چنین پذیرفتنی را همراه باوری عمیق ابراز کنیم و بر سر اعتقادمان بایستیم، باید بگویم که در نقطه‌ی عصیان قرار گرفته‌ایم و کیست که نداند تار و پود سرشت آدمی با مفهوم عصیان، چنان در هم تنیده شده که جدا کردنش از وجود او، ناممکن به نظر می‌رسد و تنها راهی که پیشنهاد شده (و انگار که اغلب پذیرفته نیز شده است)، پنهان کردنش در

پس رسم‌ها و سنت‌ها و عرف و شرع و اخلاق و مقررات و در نهایت، ترس از قضاوت دیگران است. ما همواره و همیشه، با احساسات خود در جنگیم، گاهی می‌مانیم و بر مبارزه اصرار می‌ورزیم و گاه می‌گریزیم و به گوشه‌ای امن پناه می‌بریم و معمولاً، آغوش معشوق، در بین همه‌ی پناهگاه‌هایی که می‌شناسیم، مطلوب‌ترین و دلپذیرترین است. اما آن نیز، نبردی سرشار از اشک و خون می‌طلبد.

در این بین، هستند آنهایی هم که تسلیم می‌شوند، تاب مبارزه ندارند، یا آن را بی‌فایده می‌دانند، پس تن به روزمرگی‌ها و اجبارهای بیرونی می‌دهند، بی‌هیچ اثر و نشانه‌ای، بی‌هیچ داستان هیجان‌انگیزی، رد پایی و یا حتی، خاطره‌ای. و چه سرنوشت اندوه‌بار منزجرکننده‌ای! و باز هم در این میان، چه بینوا آن که تصمیم بگیرد به خاطر عشق، تن به تسلیم سپارد و هیچ نگوید. احتمالاً سرنوشتی بهتر از داش آکل[۱۵] صادق هدایت نخواهد داشت. هرکسی انتخابی دارد و هستند کسانی که در مراحل مختلف زندگی، انتخاب‌های متفاوتی دارند که گاه ختم به خیر می‌شود و گاهی هم، نمی‌شود.

داستان شاهزاده آمیلک (اثر تانیت لی) را که برایت تعریف کرده بودم به خاطر داری؟ شاهزاده‌ای که مثل قصه‌ی ما، با دیدن تصویری از چهره‌ی شاهزاده خانمی زیبا اما بداخلاق، از راهی دور سفر کرد و آزمون‌های سخت و غیر منطقی شاهزاده خانم کج خُلق را یک به یک با کمک جادوگری (ساحره‌ای) جوان و زیبا پشت سر گذاشت و ناگهان در روز سرنوشت‌ساز و پس از انجام آخرین خواست دختر پادشاه، متوجه شد که عشق به جادوگر جوان، وجودش را فراگرفته است و آنچه واقعاً می‌خواهد، زندگی در کنار اوست. راستی، اگر این شاهزاده‌ی جوان به خاطر احساس مسئولیت یا مقید دانستن خود به عشق شاهزاده خانم، با او ازدواج می‌کرد، به چه سرنوشتی دچار می‌شد و مسیر زندگیش به کجا می‌رسید؟ آیا امکان داشت که خوشبختی در تمام عمر را برای او تصور کرد؟

عشق را نباید فریب داد، باید یافت، باید ساخت، باید رویش و رشد داد، باید

---

۱۵. همان خلاصه‌ی داستانش را هم که بدانی، برای درک این جمله کافی‌ست.

مراقبت کرد، قدر دانست، گرامی داشت و جلوه‌هایی زیبا از بودنش را آفرید تا وجودش، گرم و نزدیک و خوشایند، باشد و بماند. سرخوشی‌های عاشقانه، از آنِ لحظه‌هاست، اما دوام عشق، چیزی عمیق‌تر، استوارتر و غنی‌تر است. پس انگار، پاداش عشق راستین، برای کسی‌ست که از سختی مکاشفه و جست‌وجو در این سرزمین سرشار از پیچیدگی نمی‌هراسد و در لحظه‌ها و رنگ‌ها، متوقف نمی‌ماند. هر چند که همواره باید این نکته را در نظر داشت که امکان دارد، پاداش چنین عشقی، تنها یک حس رضایت‌مندی درونی، نزد عاشق دلباخته باشد و بس.

می‌بینی که با چه انتخاب پیچیده‌ای مواجهیم؟ اشکالی ندارد، من به این احساس‌های یک سویه عادت دارم. حالا و با این حساب، می‌توانم خودم را به جای ایستادن در برابر هزارتویی پیچیده، دست‌کم در مقابل دو راهی رفتن یا ماندن برشمارم، اگر چه برگزیدن هرکدام را قماری با سرانجام نامشخص می‌دانم. اما باور دارم که اگر بروم، اگر حرکت کنم، کمتر در حسرت ماندن و درجا زدن خواهم بود، چراکه همواره مسیری برای پیش رفتن خواهم داشت و به همین نسبت، امیدی (هر چند کوچک) برای تجربه‌ی حال و روزی بهتر. اما اگر بمانم، همواره و همیشه در حسرت و وسوسه‌ی رفتن خواهم ماند و این، هرگز آن چیزی نیست که می‌پسندم. نماندن و درجا نزدن، آرزوی همیشه‌ی من است، ایده‌آل من است، پس چرا هیجان دل کندن از ثبات ظاهری و سر سپردن به راه را با رکود و درماندگی و بی‌سرانجامی خودخواسته جایگزین کنم؟ نه! این نباید سرنوشت من باشد.

حالا بهتر می‌توانم بفهمم که چرا عشاق قصه‌ها، رفتن را به ماندن ترجیح می‌دهند، هر چند که از فرجام کار خویش بی خبرند. این ماییم و نویسندگان داستان‌ها که می‌دانیم و می‌دانند بالاخره چه خواهد شد. ولی برای یک مسافر عاشق که در هرگام و هر منزل، خود را در مرحله‌ای از نزدیک شدن و پیش رفتن به سوی معشوق و دلیل عشق خود می‌بیند، همه چیز در لحظه‌های حاضر شکل می‌گیرد و در چشم بر هم زدنی، جلوه‌ای دیگر از ذهنیت‌ها و خیالات و حال و هوا

و رخدادهای تازه، بر سر راهش خودنمایی می‌کند.

این مسافر، اگر راوی داستان خود باشد نیز خاطرات لحظه‌های حال را بازمی‌گوید و می‌نویسد، بی آن‌که بداند پایان قصه‌اش چه خواهد بود، یا شاید هم در حال رقم زدن یکی از پرشمار قصه‌های بی پایان دنیا باشد. هر چه‌که هست، از ماندن و فرسوده شدن و حسرت خوردن و آه‌کشیدن و آرزوکردن، بهتراست. و البته که به یاد دارم که همه‌ی تصمیم‌ها برای رفتن و نماندن و سفرکردن، به واسطه‌ی همان تصویر خیره‌کننده‌ی پنهان شده در اتاق ممنوعه است.

آری، آری، باید رفت و صاحبش را پیداکرد، باید به هوای یافتنش راهی شد، اما من می‌خواهم در همین ابتدای داستان، حسابم را از قهرمان عاشق پیشه‌ای که قبل از ما حرکت کرده است، جداکنم. چه، او برای تصاحب معشوق می‌رود و من...، به‌گمانم برای یافتن عشق، برای لمس و درک و احساس عشق، آن هم با همه‌ی وجود. آنچه‌که من در پی‌اش هستم را شاید در نزد معشوق بیابم و شاید هم نه؛ شاید در خود راهی که طی می‌کنم و می‌سپارم نهفته باشد، یا مانند آن داستان معروف از مولانا و بعدها، بازنگارش شده در کیمیاگر پائولوکوئیلو، بدانم و بفهمم که تمام آنچه راکه دنبالش بوده‌ام و می‌خواسته‌ام و به خاطرش همه‌ی رنج‌های سفرو دورشدن از شهرو دیاررا به جان خریده‌ام، در نزدیکی خودم بوده است! اما چه اهمیت دارد؟ اگر قهرمان همین داستان هم به سفر نمی‌رفت، پی به آنچه در حیاط خانه‌ی خود داشت، نمی‌برد. با این اوصاف، من شایسته‌ی ملامت نخواهم بود، اگر درک و احساس مفهوم عشق را به تصاحب معشوق ترجیح بدهم. اگر تصویر چهره‌ی دلربای معشوق، برای قهرمان عاشق پیشه‌ی ما هدف است، برای من، دست‌کم در ابتدای این راه، جهت است.

دوم • عشق دیوانه و حسرتِ عاشق •

از نوشته شدن بخش نخست این مطلب، چند ماهی می‌گذرد. گمان می‌کردم
که هر روز چند صفحه‌ای برای تو خواهم نوشت. اما انگار نیاز به فرصتی داشتم تا
بتوانم به درک بهتری از موضوع برسم و احساسم را خالص‌تر و شفاف‌تر بیان کنم.
برایم کمی عجیب است که در تمام این مدت، آنچه بیش از هر چیز ذهنم را به
خود مشغول می‌کرد، علاقه‌ی قلبی و درونی‌ام به رفتن و گذشتن بود، به سفر؛ و
البته نوشته‌های بخش پیشین هم در این باره بی‌اثر نبوده‌اند.

می‌دانی؟ همیشه دوست داشتم این توانایی را در خود بیابم که کوله‌باری
سبک ببندم و راه‌های رفته و نرفته، آزموده و نیازموده را در پیش بگیرم و دنیای
اطرافم را دوباره کشف کنم. مثل یک دوره‌گرد، یک جهانگرد و گاه شاید همچون
یک کولی. این را چندین سال پیش نیز نوشته بودم:

« نه می‌دانم چه وقت؟ نه می‌دانم چرا؟ و نه می‌دانم چگونه... روح بی‌قرار مرا با عصاره‌ی آوارگی در هم آمیخته‌اند؟ سرشت مرا با بی‌خانمانی و بی‌سرزمینی و ناآرامی، چنان پیوسته‌اند که گویی جز این نمی‌توانسته‌اند و غیر از این ترکیب، هیچ حالت دیگری، هرگز قابل تصور نبوده است.

از زمانی که به یاد دارم، سقفی موقتی، همواره برایم جذاب‌تر از پناهگاهی ماندگار بوده است، رفتن را بیشتر از ماندن می‌پسندیده‌ام، دل به بودن نبسته‌ام، از مال و منال اندوختن، چیزی ندانسته‌ام، چنان که زندگی این روزهایم نیز، گواه همین راه و رسم است. به مانند زندانی‌ای که محبسش را هر از چندگاهی تغییر داده است تا رنج زندان، کمتر بیازاردش.... و رهایی، همواره آرزویی در دور دست که می‌باید برای یافتنش، بار بربست و راه در پیش گرفت. همین است که راه را اینچنین عاشقانه دوست دارم؛ همین است که هر گیاهش، هر صدایش، هر سنگ‌ریزه و جوی کوچکش، برایم نشانه‌ای‌ست از یافتن محبوبی که به اندازه‌ی فدا کردن همه‌ی عمر، ارزش دارد. این‌گونه است که برای من، آوارگی، آزادی‌ست.

سبک‌بار سفرکردن، نه علامت فقر و تهیدستی، که عین بی‌نیازی و دارایی‌ست. این که همه‌ی دنیایت را در کوله باری جای بدهی و همه‌ی عشقت را در بیکرانگی قلبت بریزی و پای در راه بگذاری؛ این که از چشمه‌های خنک جوشیده از دل کوه‌های استوار و مغرور بنوشی؛ این که آفتاب، پناه روزهایت باشد و آسمانی بی‌انتها و سرشار از ستاره، سقف شب‌هایت گردد؛ این که در سایه‌سار درختان تنومند و قد برافراشته و پربرگ، بیارامی و با وزش نسیم درگندمزار و پیچش قاصدک‌ها در هوای بهاری به رقص درآیی و از موسیقی موزون طبیعت به وجد بیایی و نشانه‌های زندگی را در هر حرکت، هر پرواز، هر رد پا، هر تپش، هر جوشش، هر بارش و هر تابش، سراغ بگیری؛ این که بتوانی ساعت‌ها با تماشای جلوه نمایی و دگرگونیِ شکلِ ابرهای سپید، سرگرم شوی؛ این که دل و نگاه از زمین برکنی و با زمان به بازی بنشینی... به خدا که اوجِ دارندگی و ثروت است.

و چه شگرف!که آوارگی، هم دل کندن است و هم دل بستن؛ و مگر می‌توان، بی‌دل کندن، دل سپرد؛ و بی‌دل سپردن، عشق ورزید و بی‌عشق ورزیدن، انگیزه داشت و بی‌انگیزه داشتن، رهسپار شد و بی‌ره سپردن، رسید؟ و شگفتی دیگر این که، در این معنا، رسیدن، نه در پایان راه، که در خود راه، در دل راه، نهفته است و چه سرخوشی شیرینی‌ست، رسیدن در عین ره سپردن.

ببین چگونه معناها، در مسیر آوارگی، دگرگون می‌شوند و رنگ و مفهومی دیگر می‌یابند. ببین که منزل، دیگر نه قرارگاهی دائمی و طولانی، که مأمنی کوتاه مدت و ناپایدار می‌شود؛ و ببین که‌گاه، یک نگاه‌گذرا، یادی همیشگی بر جای می‌گذارد... ببین که آب، چگونه تشنه‌ات می‌سازد، حریص‌تر از همیشه، در جست‌وجوی سرچشمه‌ها؛ و ببین که چگونه از سراب، سیراب می‌شوی و کویر، حکایت از رویش می‌گوید، ناب و دلنشین. خاک، بستر نرم می‌شود و ماه، روی‌انداز گرم؛ آتش، همنشین مهربان تاریکی می‌گردد و روزها را به انتظار شب به سر می‌بری، تا تابش را نه از خورشید، که از تلألؤ کرم‌های شب‌تاب سراغ بگیری.

زیبایی را دیگر فقط در گل‌ها و پروانه‌ها نمی‌جویی؛ رفتن، نشانه‌ی سلامتی و سرزندگی و شادابی‌ست و ماندن، گواه بر رخوت و بی رمقی و دل مُردگی.

هر واژه در قاموس مسافر بی مقصد، مفهومی دیگر دارد، که تنها خودش آن را در می‌یابد و می‌داند؛ و چه چیز لذت‌بخش‌تر از این که برای خودت، لغتنامه‌ای داشته باشی، سرشار از معناهای متفاوت، تا آنها را با اهالی سفرهای همیشگی، سهیم شوی و در میان بگذاری.»

نمی‌دانم که چرا فکر می‌کنم، می‌شود عشق را در سفر و گذار جست‌وجو کرد اما احساس و تجربه‌ام به من می‌گوید که نشانه‌های عشق در تمامی طول سفر، یافتنی و قابل لمس است. شاید بتوان گفت که تفاوت میان من و عاشق یاد شده در داستان‌مان، که با دیدن تصویر معشوق، عزم سفرکرده است، در همین باشد که او به انتهای راه می‌نگرد، به جایی که معشوق منزل دارد و دغدغه‌اش رسیدن

به اوست؛ از این هدف دوست داشتنی، توان و انگیزه می‌یابد تا دشواری‌های راه را تحمل کند و شوق رسیدن به محبوب، او را گام به گام و منزل به منزل پیش می‌برد تا جایی‌که وصال حاصل شود و دل با حضور معشوق، آرام و قرار پیدا کند.

اما برای من، رفتن در معنای ظاهریش، بهانه‌ای‌ست برای دور شدن از دغدغه‌ها و تکرارهای ملال‌آور، بی‌آن‌که انتظار وصال و قرار یافتنی در پایانش باشد، ولی خام پنداری‌ست اگر گمان کنیم که نشانی از عشق در آن دیده نمی‌شود. عشق در تمامی لحظه‌های سفر، همراه و همگام من است. من همواره صدای عشق را شنیده‌ام، من نور و گرمایش را پیوسته دریافته‌ام و درخشش آن را در هر تصویری که از پیش چشمانم گذشته است، دیده‌ام. پس تا هنگامی که این احساس را با خود دارم، باید بتوانم وجود عشق را در مسیری که می‌پیمایم، در جای‌هایی که می‌آسایم و در منظره‌هایی که می‌نگرم، دریابم و لمس کنم. نمی‌دانی که این میل به رفتن، گاه تا چه حد در وجود من، قوی و برافروخته می‌شود که مرا به مرز جنون می‌رساند؛ آن قدر شدید که پیوسته با خودم مرورش می‌کنم، برای انجامش نقشه می‌کشم، تصمیم‌های دیوانه‌وار می‌گیرم و باز ناگهان، از همه‌ی این تفکرات و تصورات، دست می‌کشم؛ خاموش می‌شوم و تحمل می‌کنم. و مگر جز عشق، عشقی که می‌خواهد وجود و حضورش را در راه و گذار بر من بنمایاند، جاذبه‌ی دیگری پیدا می‌شود که اینچنین قوی و شدید، هوای از جای کنده شدن و رفتن را شعله‌ور کند؟ آن هم در حالی که نه تصویر دلبری را دیده و نه پیغامی از معشوق دریافت کرده است. اما حتماً دلیلی هست، بی‌شک عطش خاموش ناشدنی‌ای هست، نیرویی هست یا جوش و خروشی سرکش، که میل به حرکت و جنبش و دیده شدن دارد، که می‌خواهد لمس شود، چشیده شود، نوشیده شود، بوییده شود، شنیده شود، می‌خواهد باشد و بُروز کند، می‌خواهد خاطره‌ای بسازد، به یاد آورده شود، اما نه برای آرام گرفتن، که برای برانگیختن، برای بی‌قراری‌های دوباره و دوباره و دوباره.

و این، یا همان عشق است، یا جلوه‌ای پر رنگ و نشانی‌ای سر راست از آن. و چه دشوار و دردناک است خاموش کردن این احساس، با دلایل واقع‌بینانه، با توجیه‌های خاص آدم‌های قالبی، با حرف‌های تکراری، با فریب‌های عامیانه.

چه کسی می‌فهمد؟ برای آنی که تاب ماندن ندارد، برای آن که می‌داند باید برود تا بجوید و کشف کند و دریابد، برای آن که می‌داند تا حرکت نکند، تا پای در راه نگذارد، تا از دل ابرها، از فراز تپه‌ها و کوه‌ها، از دره‌ها، بیابان‌ها و دشت‌ها، از میان جنگل‌ها، از بین کویرها، از جوش و خروش رودها، از امواج دریاها، نگذرد و عبور نکند، تا در شهرها و خیابان‌ها و کوچه‌ها نگردد، تا در هر عبور، در هر مسیر، نشانه‌های عشق را یک به یک نیابد و در صندوقچه‌ی اسرار خود، امن و مطمئن نگاه ندارد، تا هر نشانه را مثل یادگار عزیزی از عزیزترین وجودی که می‌تواند سراغ داشته باشد، ستایش نکند، تا برق آن چشم‌های شوخ و جذاب را در درخشش ستارگان در نیابد، تا سرخی شیرین گونه‌هایش را در هر غروب به تماشا ننشیند و از به‌یاد آوردنش، اشکی در چشمانش آشکار نشود، زندگیش معنایی نخواهد داشت؛ آری برای چنین شخصی، اجبار به ماندن، آن هم با بهانه‌های قالبی دیگران، عذابی همیشگی و سخت و تلخ است.

لعنت به همه‌ی دوراهی‌های عالم! چه شد که این نفرین ابدی به جان آدمیزاد افتاد؟ چه شد که انسان، اسیر دائمی زندان‌های پیدا و پنهان ساخته‌ی خودش شد و حسرت بی‌پایان رهایی، بهانه‌ی همیشگی داستان‌پردازی‌ها و نغمه سرایی‌های اندوهناکش گردید؟ و این موجود بیچاره‌ی دربند، چه می‌تواند کرد جز دل‌خوش بودن به پرواز دادن روحش، به رها ساختن ذهن و تخیل و اندیشه‌اش، با کمک حکایت‌ها و آوازها و تصویرها؟ اگر هم توانایی و استعدادش را نداشته باشد، مسأله‌ی مهمی نیست، هستند کسانی که این کار را برایش انجام می‌دهند و البته هستند آنهایی که در قبال دریافت پول، برایش رویا پردازی کنند.

همین است که اعتقاد دارم، عشق را آزادانه باید جُست، با آزادگی باید برگزید و

به آزادی باید آشکارکرد. عشقی که در اینجا از آن سخن می‌گوییم، عشقی محدود و انحصاری نیست، وسیع و بی‌مرز است، بیکران است و به همین دلیل می‌توان از آن، به هرکه و هر چه بخواهی، ببخشی و احساس کمبودی در اندوخته‌ی بی‌حساب عاشقانه‌ات نداشته باشی. چه معادله‌ی عجیب و چه قابلیت شگفت‌انگیزی‌ست، این که می‌شود از عشق به یک نفر، عاشق عالم شد و از عشق به عالم، به یک تن بخشید، بی‌آن‌که این وسعت یافتن و جمع شدن، ذره‌ای از ارزش و اندازه‌ی عشق راستین بکاهد، و البته که این، خاصیت عشق است.

اما عزیز دلبندم! این احساس‌های پاک عاشقانه برای توست، در وجود توست، زیبایی‌هایش از آنِ تو و ادراک و فهمیدن عمق و معنایش، خاص توست. اگر بخواهی به آسانی آشکارش کنی، اگر گمان ببری که همان‌طور که خودت آن را در می‌یابی، دیگران نیز قدرت دریافتش را دارند، ممکن است به نتایج چندان خوشایندی نرسی. همین است که بسیاری از عشق‌ها، هرگز بر زبان آورده نمی‌شوند، آشکار نمی‌گردند، در قلب عاشق به عنوان یک رازِ گرانبها باقی می‌مانند و اگر چه در وجودش شعله می‌کشند و بی قرارش می‌کنند، اما همچنان در سکوت نگاه داشته می‌شوند، تا مبادا شعله‌های‌شان دامان دیگری (یا دیگران) را بگیرد؛ و این از دشوارترین مصلحت اندیشی‌های آدمی‌ست. « چه می‌تواند کند، کوردلیای بینوا، جز لب فرو بستن و عشق ورزیدن[1]»؟

چه عشق‌ها که یک عمر، رازی سر به مهر باقی مانده و با مرگ عاشق، در گور رفته است! شاید همین است که عده‌ای اصرار دارند بر این که عشق را حتماً باید آشکارکرد، باید بر زبان آورد، باید ابراز نمود، وگرنه حسرت و نا امیدی و نابودی‌ست که حاصل می‌شود. اما چه کسی می‌تواند، تمام و کمال از دل عاشق خبر داشته باشد؟ کیست که حال عاشق را به تمامی دریابد و دلیل سکوت و خاموشی‌اش را بداند؟ دادن حکم‌های کلی و فریاد زدن شعارهای احساسی، کار آسانی‌ست، اما انتخاب‌ها، همیشه آسان نیستند. ترس‌ها، قضاوت‌ها، نگاه‌ها، حرف‌ها، زخم

۱. عبارت و جمله‌ای از نمایشنامه‌ی شاه لیر، اثر ویلیام شکسپیر.

زبان‌ها، حسادت‌ها، غرض ورزی‌ها و خیلی چیزهای دیگر، دائم در اطرافت وجود دارند، می‌چرخند و منتظر سوژه‌اند، تا محکومت کنند، تا مسخره‌ات کنند، تا برایت حکایت بسازند، کارهایت را، رفتارت را، افکارت را، عشقت را و هر آنچه را که خاص خودت می‌دانی از نگاه خودشان بسنجند و فکر کن که در چنین شرایطی، چگونه باید عشقت را ابراز کنی یا بر زبان آوری؟

می‌شود بگویی، همه‌شان بروند به جهنم! مرده‌شور همه‌شان را ببرد! اما دست آخر، باز با اینها دست به گریبانی، باز ناچاری از دیدن و تحمل کردنشان، یا ناچاری از فرار، گریختن و رفتن و دور شدن، یا درها را به روی خود یا به روی دیگران بستن، ندیدن و نشنیدن و به عاشق بودن خویش، بالیدن. اما خوب می‌دانی که هیچ یک از اینها، انتخاب‌های ساده‌ای نیست، هرکدام دشواری‌های خاص خودش را دارد. حالا ببین، با همه‌ی این احوال، عاشقی که تمام سختی‌ها را به جان می‌خرد و به بهانه‌ای، راه در پیش می‌گیرد و می‌رود تا آن معشوقی را ببیند، که روحش هم از این عشق یک سویه خبر ندارد، آن هم شاید برای چند لحظه، فقط برای یک دیدار کوتاه، برای یک آرامش بسیار گذرا، تنها برای این‌که بداند که هست، که خوب است، که هنوز دوست داشتنی‌ست، که همان ملاحت و زیبایی مورد انتظار را دارد، که هنوز می‌شود نگاهش کرد و از خوبی وجودش، یا دست‌کم از بودنش، دلگرم شد، چه حکمی دارد و تا چه حد در نگاه دیگران، دیوانه و ابله جلوه می‌کند و او با علم به این که درباره‌اش چه می‌اندیشند و چه می‌گویند، باز هم ارزش دادن به عشقش را، به نگاه و قضاوت این و آن، ترجیح می‌دهد. و ببین که اگر با همه‌ی این حکایت‌ها، از دیدار معشوق هم محروم بماند و تنها، به یادی و یادگاری و نشانه‌ای بسنده کند و دل خوش باشد، چه حالی به او دست می‌دهد؟ و حالا ببین، آگاهانه و منصفانه ببین، که این عشق، در نگاه تو، در اندیشه‌ی تو، چه جایگاه و مفهوم و اهمیتی دارد؟

می‌خواهم بگویم و می‌خواهم خوب دریابی و بدانی که آدم‌ها، دنیاهایی

متفاوتند. آنچه در نزد یکی، عشق واقعی و متعالی و ناب است، ممکن است در نظر دیگری، حماقت محض جلوه کند و حسابش را بکن که ممکن است آن دیگری، همان معشوق باشد! چه شوربا و شُله قلم‌کاری می‌شود! دنیا پُر است از عشق‌های تبدیل به نفرت شده و دست‌کم یک دلیلش، وجود همین تفاوت‌های آشکار و مشخص است. البته فکر می‌کنم که مشکل از ماهیت عشق نیست، مسأله این است که تفسیرهای آدم‌ها از روابط و موضوع‌های مختلف، به طرز شگفت‌آوری دچار گسستگی و گوناگونی شده است که تا حد زیادی هم مورد انتظار است، اما اصرار از سر تعصب بر درستی تفسیرها و تلاش نکردن برای یافتن راه تعامل و درک مسائل و ترس از بیرون آمدن از حصارهایی که افراد در اطراف خود تنیده‌اند یا در آنها باقی مانده‌اند، کار را برای فهم متقابل و نشان دادن واکنش متعادل، دشوار کرده است.

پس بگذار به عاشق پای در راه نهاده‌مان بگوییم، بگذار تکلیف‌مان را از همین ابتدای راه معلوم کنیم، بگذار بداند عشقی که ما[2] می‌شناسیم (و به نظر می‌آید که می‌پسندیم)، گوهر یک دانه‌ای‌ست که به واسطه‌ی زیباترین و پاک‌ترین و ناب‌ترین نشانه‌هایی که سراغ گرفته‌ایم، درخشیدن آغاز کرده است و چراغ راه و گرمی‌بخش وجود شده است. بگذار دریابد که این نوع از عشق، خودخواهی نمی‌شناسد، تمامیت خواه نیست، تصرف نمی‌کند، حسادت نمی‌ورزد، خشم نمی‌گیرد، با قهر و زور و اجبار بیگانه است، تبدیل به دشمنی و نفرت نمی‌شود، می‌بخشد و از بخشیدن لذت می‌برد و بی‌آن‌که چیزی از دست بدهد، همه‌ی شایستگی‌ها را به‌دست می‌آورد. در حالی که بسیاری، این را نه عشق، که حماقت و جنون می‌پندارند و کیست به جز عاشق راستین تا بداند که دیوانگی، مدال افتخاری همیشگی‌ست بر سینه‌ی عشق.

از این منظر، شاید بتوان عشق را وجودی مستقل دانست که اگر زمینه‌ی

---

۲. منظورم از به‌کاربردن واژه‌ی ما، این نیست که تو نیز ناچار باشی مانند من بیاندیشی، اشاره‌ام بیشتر به من و دنیای من است و هر که این تفسیر را می‌پذیرد.

مساعدی بیابد، خودش را نشان می‌دهد و حضورش را آشکار می‌سازد. اما رابطه‌ی عشق و عاشق، و نه، به گمانم بهتر است بگوییم ارتباط میان عشق و انسان، رابطه‌ای دو جانبه است. عشق برای بروز یافتن و خودنمایی، نیازمند انسان عاشق است و انسان (گویی برای زنده ماندن، برای داشتن معنای زندگی، برای بودن و برای خیلی دلیل‌های دیگر) به عشق وابسته و نیازمند است. و البته به یاد داشته باش که این تعریف، به معنای این نیست که عشق مختص انسان است، نه! عشق، حاضر در همه‌ی پدیده‌ها و روح جاری در سراسر عالم است؛ عشق، زندگی‌ست. اگر آن را به نیکی دریابی، اگر از آن به خوبی مراقبت کنی، آن را در میان هیاهوی پیرامونت به فراموشی نسپاری، از آلوده شدنش (به بغض و حرص و خودخواهی و طمع و هزار جور آفت دیگر) جلوگیری کنی، اگر قدرش را بدانی، اگر به عشق، به خودِ خودِ عشق، وفادار بمانی، نیروی حیات بخشش را درخواهی یافت. و اگر... و اگر آن را به آسانی خرج کنی، بی‌آن‌که ارزش و جایگاهش را به درستی دریابی، (باز هم به احتمال زیاد) چهره‌ای از آن خواهی دید که شباهتی به آنچه تا به حال توصیفش کردیم نخواهد داشت و شاید تو را از عشق و حتی شاید از زندگی، ناامید کند. آدمیزادی که سکه‌هایش را با دو رو می‌سازد، می‌باید معنای این دوگانگی و تضاد را خوب بفهمد، در حالی که تصمیم گیرنده‌ی نهایی، خود اوست.

آثار این دوگانگی‌ها را در داستان‌ها و افسانه‌ها و اساطیر و حکایت خدایان باستان اقوام گوناگون نیز، می‌توانی به خوبی مطالعه و مشاهده کنی. و البته متوجه خواهی شد که در آنجاها، تقدیر چگونه حکمروایی و یکه‌تازی می‌کند و گاه توسل به خدعه و نیرنگ، چگونه در برابر کج‌مداری‌ها و ناملایمات و سرنوشت محتوم و رقم زده شده به‌دست خدایان و صاحبان قدرت، راه گریز و مقاومتی می‌گشاید. و عشق در این بین، ابزاری‌ست در دست همان‌ها که اگر اراده کنند، آن را بلای جان می‌سازند (همانند نارسیس که گرفتار عشق به تصویر خودش شد) یا از سر دلسوزی و ترحم، (یا شاید سرخوشی یا از خود متشکر بودن) همچون تحفه یا صدقه‌ای به

عاشقی زار و بینوا می‌بخشند تا مدتی به آن، دل خوش کند (مانند پیگمالیون که عاشق مجسمه‌ی ساخته‌ی خویشتن شد). این گونه که نگاه کنی، عشق، حکم یک شیء یا پدیده را پیدا می‌کند که می‌توان از آن به شکل‌های مختلف بهره برد، سوء استفاده کرد یا همچون کالایی به داد و ستدش پرداخت. عشق در این توصیف‌ها، حتی می‌تواند سیمایی انسانی پیدا کند، می‌تواند شخصیتی متعالی و والا بیابد یا فریبکار و زبان باز و دو رو باشد.

عشق آنچه را که تو می‌خواهی به تو ارزانی می‌دارد، حتی دست و دل بازتر از زندگی که معمولاً سر ناسازگاری دارد؛ عشق می‌تواند خیال‌پرداز و شعبده‌باز باشد، نا ممکن‌ها را ممکن کند، آرزوها را به تصویر بکشد و احساس رضایتی هر چند مجازی و گذرا پدید آورد. احتمالاً همین است که می‌گویند «وصف العیش، نصف العیش». چشم‌هایت را که خوب باز کنی، آگاهانه که ببینی، درخواهی یافت که بسیاری در اطرافت، در دنیایی که من و تو در آن به سر می‌بریم، از همین روی، سرگرم و سرخوش و گرفتار عشقند. یکی با دارایی‌هایش با مال و اموالش، با متعلقاتش، یکی با شغلش، دیگری با بی قیدی و روزمرگی‌هایش، یکی هم با تصویر هنرپیشه، خواننده یا شخصیت محبوبش و البته اینها، انتخاب‌های آدم‌هاست، از آنِ خودشان است. ما نیز عشق خودمان را داریم، شاید هم عشق‌های خودمان را. و اگر باور داشته باشیم که عشق یکی‌ست، می‌توان گفت که ما با عشق‌مان و با جلوه‌های گوناگونش زنده‌ایم، زندگی می‌کنیم، می‌گذرانیم.

حالا اگر شخصیت عاشق‌پیشه‌ی داستان ما، عازم و آماده‌ی سفر است، بگذار با آرزوهای خوب راهیش کنیم، هر چند که من به حال او غبطه می‌خورم. او توانسته است از وابستگی‌ها بگذرد و می‌رود تا دلبستگی‌هایش را در مقصد سفرش جست‌وجو کند. و من، در بند تعلقات و اخلاقیات۳ و هنجاریات (همان هنجارها، آن طور که من احساس‌شان می‌کنم و برای همین با «ات» جمع بستم!) مانده‌ام،

---

۳. چه قدر تفسیر این کلمه در اینجا سخت است. آن قدر که واقعاً می‌خواستم استفاده‌اش نکنم، چون دامنه‌ی وسیع و بسیار متناقضی را در بر می‌گیرد.

با عشقی و حسرتی در دل.

عشق و حسرت، چه همنشین‌های جالبی! چه همراهان هماهنگی! بی‌آن‌که خودشان هم بدانند. نه، آنها نمی‌فهمند؛ هرکدام ساز خودشان را می‌زنند، نه عشق حدس می‌زند که ممکن است داستانش با حسرتی بزرگ پایان پذیرد و نه حسرت درک می‌کند که اگر خودش را فدای عشق راستین کند، چه سعادتی نصیبش می‌شود. و البته، اگر چنین کند، احتمالاً معنای وجودی خودش را زیر سئوال خواهد برد، چراکه معمولاً فداکاری، کلید واژه‌ی شناخته شده‌ای برای حسرت نیست. همان طورکه حسرت، برای عشق، مفهوم باورپذیری به حساب نمی‌آید و عشق به گمان من، از این نظر به خودش دروغ می‌گوید.

عشق باور نمی‌کند که بسیاری از اوقات، در هر دو سوی ابراز شدن و پوشیده داشتنش، حسرت، جای خوش کرده است؛ و حسرت، شاید خودش هم دوست ندارد که تاوان دهنده‌ی حصارهای خودتنیده‌ی آدم‌ها باشد. بیچاره حسرت، که از این نگاه چه‌قدر مظلوم است. من او را می‌فهمم، می‌دانم که اهل خودنمایی نیست، می‌رود خودش را درگوشه‌ای پنهان می‌کند تا مبادا دیدنش، یا به یاد آوردنش، زخم‌های پرشمار روح را، عمیق‌تر و دردناک‌تر کند. او هم مثل من است، خجالتی و تودار، و البته... عاشق.

آری، حسرت هم عاشق است یا شاید جلوه‌ی دیگری از عشق است. اما آرام و گوشه‌گیر. کز کرده در خلوت خودش، متفکر و خاموش، غمگین و صبور، که اگر بخواهد همه‌ی اندوهش را بروز دهد، در یک آه کوتاه خلاصه می‌شود؛ در حالی که می‌داند اگر بخواهد به فریادی تبدیل شود، دیگر چیزی جلودارش نخواهد بود، ویرانی به بار خواهدآورد؛ آهَش شعله‌ور خواهد شد. پس به خودداری و سکوت رضایت می‌دهد و باور دارم که به نیروی عشق، خویشتن‌داری می‌کند و از همین‌روی می‌گویم که او (یا آن) نیز عاشق است. اما عشق، گریز پا و سر به هواست، هر چه‌قدر هم که مخفی و پوشیده نگاه داشته شود، باز به کوچک‌ترین

بهانه‌ای، نشانه‌های خودش را آشکار می‌کند و اگر مجال بیابد، در خودنمایی کم نمی‌آورد. متأسفانه، اگر برای عشق، تنها یک نقطه ضعف قائل باشم، درست در همین مورد است؛ پاشنه‌ی آشیل[۴] عشق همین‌جاست. اینجاست که ممکن است رنگ هوس‌های زودگذر به خود بگیرد و تمام شکوه و زیبایی خود را در نمایشی بی‌مایه و پیش پا افتاده از دست بدهد و تنها کسی که در این شرایط می‌تواند اعتبار و ارزش عشق را حفظ کند، خود عاشق است؛ اینجاست که ماهیت خود را آشکار می‌کند، اینجاست که یا ثابت می‌کند که لیاقت صفت عاشق (یا همان‌طور که قبلاً گفته‌ایم: عاشق راستین) را دارد، یا نشان می‌دهد که تبدیل شده است به موجودی باری به هر جهت، شده است عضوی از دسته‌ی مگسان گرد شیرینی[۵]، بی‌هیچ صفت عالی یا قابل احترامی که بتواند به آن ببالد و افتخار کند. می‌بینی که مرزها تا چه اندازه باریک و نامرئی‌اند؟

نکته‌ی مهم دیگر این است که هیچ قانون نوشته یا نانوشته‌ای در این باره وجود ندارد. نه من و نه هیچکس دیگر نمی‌تواند الگویی، چارچوبی یا نظام خاصی برای چگونگی عشق تعیین کند؛ اگر هم چنین کنیم، تنها از دیدگاه خودمان نظر داده‌ایم یا قضاوت کرده‌ایم و من بارها در همین چند صفحه بر این مسأله تأکید کرده‌ام و تفاوت‌ها و تضادها را بر شمرده‌ام. چه بسا آنچه در نزد یکی، هوس‌بازی و بوالهوسی به حساب می‌آید، در نظر و باور دیگری، عشق راستین باشد و البته که بر عکسش نیز می‌تواند صدق کند.

ما (یعنی من، تو، هر انسان، موجود یا پدیده‌ی دیگری) تعریف‌ها، احساس‌ها و برداشت‌های خاص خودمان را از عشق داریم و عشق، زیرکانه و ناملموس، هر بار و نزد هر فرد، هر موجود، هر عاشق، جلوه‌ای متفاوت از خود می‌نمایاند. گاه همچون تکه‌ای خمیر یا موم می‌شود، شکل‌پذیر و متغیر و انعطاف‌پذیر، گاه همچون توده‌ای شکننده یا بلوری ظریف که با کوچک‌ترین اشاره‌ای ترک بر

---

۴. داستانش را بخوان که با حکایت اسب تروا در ارتباط است. باید دست‌کم اسم‌شان را شنیده باشی.

۵. این دغل دوستان که می‌بینی مگسانند گرد شیرینی (سعدی)

می‌دارد، می‌شکند، تکه تکه می‌شود، صلب و جامد و تغییر ناپذیر وگاه هم مانند الماسی تراش خورده، استوار و محکم، زیبا و درخشان، قابل جلا یافتن و تابیدن، خوش‌نما و رنگین، پر بها و ارزشمند؛ و باز هم هرکدام از اینها، بستگی دارد به انتخاب‌ها و باورها و خواست‌ها و آموختن‌ها و تجربه‌های ما.

انگار دوباره داریم به حرف‌های پدرانه نزدیک می‌شویم، بگذارکه نایستیم و دل به راه بسپاریم. بی‌گمان، در مسیر، در حین سفر، نکته‌های بهتری برای گفتن خواهیم یافت. برای من که اینچنین است، آنچه رنگ عبور دارد، عاشقانه‌تر است.

سوم • عبور از اقیانوس با قایق کاغذی •

ایستاده‌ای، بر فراز تپه‌ای کم ارتفاع، در یک سو دریا، با موج‌هایی بلند و خروشی مهیب؛ و در سویی دیگر، دشتی وسیع با رقص ساقه‌های پرپشت و سبز، در گذر ملایم باد. یک طرف، دعوت سایه‌سار درختان، بر زمینی هموار؛ و طرفی دیگر، تلاطمی کف‌آلود و مرتفع که خود را با شدت هر چه تمام‌تر بر تن ساحل می‌کوبد و مبارز می‌طلبد. یک سو حس امنیت و آسایش، یک سو، هشدار بیم و خطر. وای که زمین چقدر خوب است! زمین، جای زیستن است. احساس استحکام و ثبات به تو می‌بخشد، آن قدر که از دامان مهربانش، سنگ و چوب و خاک و گیاه برمی‌گیری و خانه‌ات را بر آن بنا می‌کنی؛ و خانه، جایگاه آرمیدن است، حتی اگر به کوچکی کلبه‌هایی باشد که در داستان‌ها، با توصیف‌های گوناگون شنیده‌ایم. تصور کن که تا چه اندازه سرخوشانه می‌توان در دشت‌های سرسبز دوید، در دل

جنگل‌ها پای گذاشت و در دامنه‌ی کوه‌ها، به آوای پرندگان دل سپرد، درکنار آبشارها به صدای خروش آب گوش فرا داد و از سکوت عمیق، بر فراز کوه‌ها یا در میان دره‌ها و صحراها، حسی خوشایند و وصف ناشدنی را تجربه کرد. دریا، هر چه‌قدر هم که آغوشی گشوده و دعوتی وسوسه‌انگیز داشته باشد، باز هم بیشتر ترجیح‌ها، پناه گرفتن در خشکی مجاور آن است و تن سپردن به آب، فقط مقدمه‌ای‌ست برای لمیدن درکنار آتشی افروخته در ساحل امن و لذت شنیدن صدای مداوم امواج از فاصله‌ای مطمئن. دریا برای اهل امن و امان، چشم‌انداز غروب‌های دل‌نشین است و شاید، ترسیم و ثبت تصویری یا عکسی از عبور یک قایق کوچک، در مقابل آفتاب سرخ رنگی که در افق هموار و لغزنده و پهناور، پایین می‌رود و بازتاب لرزان خود را بر سطح گسترده‌ای از آب، به نمایش می‌گذارد.

زمین اما، جایگاه رازو رمزهاست، زادگاه و منظر شگفتی‌ها، داستان‌ها و افسانه‌هاست. زیستگاه آدم‌هاست، مأمن زبان‌ها، فرهنگ‌ها، نوشته‌ها، نگاه‌ها، اشاره‌ها، ارتباط‌ها و البته، جنگ‌ها و نزاع‌ها، دشمنی‌ها، حسادت‌ها، آشوب‌ها و اندوه‌هاست و شگفتاکه برای هرکدام از اینها و برای هزاران هزار مفهوم دیگر، حکایت‌هایی بی‌شمار و گفتنی‌هایی بی‌پایان دارد. شب‌ها و روزهایش هرکدام در بطن خود، رویدادهایی را می‌پرورانندکه آرام و زیرکانه، تمامی حواس (حس‌های) تو را به خوبی درگیر خود می‌کنند[1] و برای صدها هزار سال، آن چنان در این کار مهارت داشته‌اندکه حتی بلعیدن حریصانه‌ی لذت‌های دنیا را تبدیل به مذهب و آیین‌هایی خاص کرده‌اند.

زمین، خاستگاه نشانه‌هاست، نگاه دارنده‌ی رد پاها، اثری از عبورها، زنده بودن‌ها، زندگی‌ها، گفت‌وگوهای خاموش، فریادهای بی‌صدا، شوق‌های فرو غلتیده از چشم‌ها، رنگ‌ها، ابرها، صداها، نواها و جایی برای ساخته شدن خاطره‌هاست.

پس درپی چیستی که می‌خواهی تن به دریا بسپاری؟ آری، تو راست می‌گویی، من نیز داستان آدم و حوا را شنیده‌ام. می‌دانم که چگونه درپی خوردن فقط و فقط یک میوه‌ی ممنوعه، تمام آن بهشت برین و آرمانی در پیش چشمان‌شان، به یک

---

۱. انیمیشن Day and Night را ببین.

آن، تبدیل شد به کویری برهوت و بی آب و علف، گویی که تا آن زمان، جز در سرابی فریبنده نزیسته بودند. و چه بسیار گویندگان و نویسندگانی که سالیان سال، شاید از همان هنگام که این داستان نقل شده است، خواسته‌اند که تفسیری درباره‌ی میوه‌ی ممنوعه داشته باشند و چه بسیار از آنها که آن را عشق دانسته‌اند و البته برخی علم گفته‌اند یا برخی دیگر، اراده و اختیار نامیده‌اند. این میوه، شاید همه‌ی اینها بوده، شاید عصاره‌ی همه‌ی عشق میان آدم و حوا بوده است، با تمامی رازها و جنبه‌های متضاد و گوناگونش، اما آن قدر دوست داشتنی و غیر قابل اجتناب، که تردیدی در بلعیدنش به خود راه نداده‌اند و همه‌ی عواقبش را یک جا پذیرفته‌اند، حتی به قیمت رانده شدن از بهشت و فرو افتادن بر زمین[۲]، بر بیابان بی‌آب و علف، آن طور که گفته‌اند و شنیده‌ایم؛ و شاید چنین گفته‌اند تا در راه عشق، بی‌گُدار به آب نزنیم؛ تا هراسی در ته دل‌مان داشته باشیم که مبادا بهای چشیدن میوه‌ی عشق، از دست رفتن همه‌ی آسایش و دارایی‌مان باشد، که مبادا به رنج تبعید و جزای افتادن در گوشه‌ای پرت و برهوت دچار شویم، به درد گرسنگی و زحمتِ یافتن و به دست آوردن آب و نان، که عشق و عاشقی، همیشه هزینه و جزایی دارد که گاه، بس گران و سنگین است.

و میوه‌ی ممنوعه، شاید که علم است؛ که آن دو دلداده‌ی نخستین، با خوردنش چشم گشودند و به عریان بودن خویش پی بردند و فهمیدند که بهشت سرسبز پیرامونشان، سرابی بیش نبوده است و دانستند که سهم خودشان و نوادگان‌شان تا قیام قیامت، درد و رنج و کار پر مشقت و تلاش و نزاع برای بقاست و دنیای‌شان، چنان بی‌رحم است که یک جرقه‌ی حسادت، مرگ برادر را به دست برادر رقم می‌زند و مگر این کلید واژه‌ها، جز به علم یا به آگاهی، به مفهوم دیگری اشاره دارند؟

و میوه‌ی ممنوعه، اراده و اختیار است. چرا که آن دو به اختیار و خواست خود به آن نزدیک شدند و از آن چشیدند و این شوخی تلخی‌ست (به گمان من) که همیشه گفته‌اند، انسان نسبت به آنچه از آن منع می‌شود حریص است[۳] و آن وقت برایش

---

۲. هبوط.

۳. متن عربی معروفش این است: الانسانُ، حریصٌ علی ما مُنِع.

چنین محدودیت‌ها و ممنوعیت‌های سختی هم تعیین می‌کنند؛ هر چند که انسان عادت کرده است به قبول نکردن مسئولیت خودش در عین داشتن اراده و اختیار، چنان که در بسیاری از تصاویری که این داستان را (براساس متن‌های مذهبی) روایت کرده‌اند، آدم، حوا را مقصر این اتفاق معرفی می‌کند و حوا به شیطان اشاره دارد که ایشان را فریفته است. انگار که به فهرست تناقض‌ها و تضادهای ذات و زندگی آدمی، باید اراده و اختیار را نیز افزود که با وجود ساده به نظر رسیدنش، پیچیدگی فراوان دارد.

میوه‌ی ممنوعه، هر چه هست، راز شیرین میان آدم و حواست، نخستین راز عالم میان دو دلداده، فارغ از قانون و نظارت‌ها و حد و مرزها و ممنوعیت‌ها، هر چند جزایی داشته باشد به گزافی و سنگینی تبعید از بهشت برین، از فردوس همیشه سبز و با طراوت، با آب‌های خوشگوار و میوه‌های رنگارنگ و جمع همه‌ی لذت‌های شناخته شده‌ی انسانی در یک جا. اما، هر چیزی را و هر جایی را و هر پدیده‌ای را و هر وجودی را، مفهومی لازم است و هویتی. و عشق، مفهومی‌ست که بودن را و حضور را و زیبایی را و لذت را و آسایش و نیاز را و در یک کلام، زندگی را معنا می‌کند و به همه‌ی اینها هویت می‌بخشد و می‌شود دلیلی برای حس کردن تمام و کمال هر یک از آنها؛ دلیلی برای زندگی، دلیلی برای بودن، دلیلی برای این که در میانه‌ی همه‌ی سختی‌ها و اندوه‌ها و دردها و رنج‌ها و تیرگی‌ها، حسی سرشار از خوبی و طراوت و شادمانی را دریابی و بدانی که بهشت، نه در آسمان است و نه مکان جغرافیایی خاصی در زمین. بهشت آنجاست که عشق هست.

پس اگر عشق را در قامت میوه‌ی ممنوعه‌ای بلعیدی و آن را جزئی از وجودت ساختی، بهشت را درون خویشتن خویش خواهی یافت و آن هنگام است که هر عذاب و آتشی بر تو گلستان خواهد شد[۴]. بهشت در وجود آدمی‌ست، همان گونه که دوزخ از وجود خود او سر بر می‌کشد، اما انسان عادت ندارد که وجود خویش را دریابد یا شاید هم این‌گونه خلق شده است، ظاهربین و پرخاشگر و عجول، شتاب‌زده در قضاوتِ سست و رقابت بی‌فرجام، ناآرام و مهاجم، سطحی و خودخواه و پُر غرور؛ گویی بر

۴. در داستان ابراهیم نبی.

همین اساس است که خدایان برای دور نگاه داشتن انسان از راز و رمز جاودانگی و رسیدن به سعادت و آسایش ابدی، که دارایی انحصاری خودشان است، اسرار آن را در وجود خود آدمی پنهان می‌کنند و جایی امن‌تر و ناپیداتر و دور از دسترس‌تر از این، برای حفاظتش از کنجکاوی و سرکشی انسان، سراغ نمی‌گیرند[5]. و شاید از همین روی، چنین میوه‌ای را ممنوعه نامیده‌اند، کسی چه می‌داند؟ آنچه می‌دانیم این است که انسان نمی‌تواند به داشته‌هایش بسنده کند، نا آرامی و بی‌قراری، سرنوشت محتوم آدم است و به گمانم، نمی‌توان گفت که این مسأله، خوب است یا بد؛ فقط می‌بینیم و می‌دانیم که حتی بهشت آرمانی و ایده‌آل و به اصطلاح امروزی‌ها، همه چیز تمام هم، بدون عشق، بدون معشوق، ارزش بودن و سر کردن ندارد. اگر عشق نباشد، سراسر این زمین با سبزه‌زارهای انبوهش، با درختان رنگارنگ و پرپشت و قد برافراشته‌اش، با گل‌های خوش‌رنگ و لطیفش، با پرنده‌های نغمه‌خوانش، با چشمه‌های زلال و رودهای روانش، با آبشارهای خنک و نسیم مطبوع و دل‌نشینش، با آسمان آبی و ابرهای سپیدش[6]، با کوه‌های با ثبات و اطمینان بخش و بلندش، با دشت‌های هموار و وسیعش، با روزهای درخشانش، با شب‌های پرستاره‌اش، نه! با هیچ کدام از اینها، ارزش بودن و ماندن و دل سپردن ندارد. عشق، روح جاری و دلیل و معنای زندگی‌ست. عشق که نباشد، زیبایی هم نیست؛ و زندگی هم.

عشق دریاست، پهناور و متلاطم و عمیق؛ و عشق، اقیانوس است، بیکران و اسرارآمیز، که تو را به سادگی در بر می‌گیرد و بودنت را و سرمایه‌ی وجودیت را، در بستر با عظمت خویش، محو می‌کند. و عاشقی که اینها را بداند، ترسی و واهمه‌ای از طوفان و موج و گرداب‌های مخوف[7] نخواهد داشت و عبور از چنین اقیانوسی را برای یافتن و دریافتن عشق، همواره به ماندن در ساحل امن و آرام، ترجیح خواهد داد. بی‌گمان، می‌دانی و می‌دانم، هستند آنهایی که عشق‌شان، گر چه در ظاهر وسعتی به پهناوری بزرگ‌ترین اقیانوس‌ها دارد، اما عمقش در سراسر این

---

۵. نگاه کن به داستان شکونتلا، اثر کالیداس، از داستان‌های اساطیری هند باستان.
۶. «آسمان آبی و ابر سپید، برگ‌های سبز بید،...»؛ شعر فریدون مشیری.
۷. «شب تاریک و بیم و موج و گردابی چنین هایل...» (حافظ)

گستره، از یک بند انگشت تجاوز نمی‌کند. و این، از تهوع‌آورترین ظاهرسازی‌های دورغین و بی‌محتواست و هستند کسانی که علم‌شان یا آگاهی‌شان، یا سوادشان و یا سخنان‌شان نیز این چنین است. درست همانند کسی که خود را در اتاقی حبس کند و بر در و دیوار پیرامونش، تصویری و قاب عکسی و شاید، کاغذ دیواری مصوری از بهشتی رنگارنگ و باشکوه بیاویزد و خود را ساکن باغ عدن و فردوس برین بداند. نه، اینها فریب‌هایی چندش‌آور است و دروغ‌هایی مضحک و آشکار.

و تو، اگر مفهوم راستین عشق را دریافته باشی، باور خواهی داشت که به پشتوانه و نیروی آن، می‌توان با قایقی کاغذی از اقیانوسی متلاطم عبور کرد تا حضور و وجود معشوق را دریافت؛ و این، هرگز یک اغراق ادیبانه یا تمثیلی شاعرانه نیست، چرا که عشق، ارزش و موجودیتی فراتر و بسیار متفاوت‌تر از مرزها و قانون‌های آدم‌های معمولی دارد. عشق، محال را ممکن می‌سازد. آن که در این دریا غرق شود، زندگی می‌یابد، تنها کافی‌ست به یاد بیاوری که واژه‌ها در قاموس[8] عاشقان، مفاهیم دیگری دارند؛ آن وقت می‌بینی و می‌دانی که غرق شدن در اینجا، یعنی دریایی را در وجود خویشتن داشتن و آن که دریایی در دل و دلی به پهناوری دریا دارد، غرقه در آن خواهد بود، بی‌آن‌که در ورطه‌ای فرو افتاده یا این‌که موجی یا گردابی، او را در ربوده باشد. دریا، دل عاشق است و عاشق، مسافر دریا، پس عشق دریاست، اگر دانسته باشی.

گذار از آن سخت است، که اگر چنین نباشد، ارزش این عبور را نخواهی شناخت و قدر عشق را نخواهی دانست و مفهوم این سفر را در نخواهی یافت. بیمِ راه‌گم کردن دارد و خطر افتادن در کُنام هیولاهای مهیب و دچار شدن به گرداب‌های عظیم و گیج و متوهم شدن در گذرگاه‌های رعب‌آور با موجوداتی فریبنده، ولی مهاجم و مهلک[9]. و تمامی اینها در حالی که چشم‌های نگرانی، منتظر عبور به سلامت تو، از این مسیر سهمگین نیست و دلی در هراس چگونگی احوالت، با اضطراب نمی‌تپد و بودن و نبودنت، در ذهن و خیالی که به هوای آن، خطرها را به جان خریده‌ای و چنین سفری

---

۸. همان لغتنامه!

۹. نگاه کن به داستان سفرهای طولانی اودیسه و به‌ویژه حکایت سیرن‌ها، از اساطیر یونان باستان که در آثار نمایشی زیادی به آن اشاره شده است.

را در پیش گرفته‌ای، هیچ جایی و نشانی ندارد. او تو را نمی‌شناسد، حق هم دارد؛ تو به دیدن تصویر و نشانه‌ای از او، دل باخته‌ای. تو را فرا نخوانده است، دعوتت نکرده است، از احساست، از بودنت، از دردهایت، از شوقت، از اندیشه‌ات، از تلاش هایت و از عشقت، هیچ خبری ندارد؛ در حالی که تو، با او، برای خودت دنیایی ساخته‌ای، به وسعت همه‌ی عالم، همه‌ی کهکشان‌ها؛ و در پی هر غروب، همراه با او، در آسمان خیال‌انگیز آرزوهایت، اوج گرفته‌ای و هر بار، به سیاره‌ای متفاوت سفر کرده‌ای و زیباترین چشم‌اندازها را به تماشا نشسته‌ای و در آرامش بخش‌ترین منظره‌ها قرار یافته‌ای و هر روز، نجواهای عاشقانه‌ات را برایش زمزمه نموده‌ای؛ و اگر بدانی، احساس او در این لحظه‌های سراسر شگفتی و معجزه‌آسایی که تو خلق کرده‌ای چیست، شاید حس کنی که تمام این عالمی که با او یا برای او ساخته‌ای، ناگاه بر سرت ویران می‌شود و همه‌ی احساس‌های عاشقانه‌ات، به آنی و لحظه‌ای، فرو می‌ریزد؛ و در چنین هنگامی، عشق ستون مطمئنی‌ست که تو را و دنیایت را، مستحکم و استوار نگاه می‌دارد.

ایستاده‌ای، بر فراز تپه‌ای کم ارتفاع، در یک سو دریا، با موج‌هایی بلند و خروشی مهیب و در سویی دیگر، دشتی وسیع با ساقه‌های پُرپشت و سبز، در گذر ملایم باد. زمین، همچنان گرم و مهربان به تو لبخند می‌زند و تردید، آرام و خزنده، از پشت سدی که در برابرش بر پا داشته‌ای بالا می‌رود و آهسته آهسته از فراز آن، در دلت سرازیر می‌شود؛ و این گونه، طعم عشقِ آغشته به تردید را، نزدیک‌تر و ملموس‌تر از همیشه، با تمام وجودت، می‌چشی و احساس می‌کنی.

تردید، همنشین آشنای عشق است؛ و این همراهی، در تمامی مسیر پر فراز و فرود عاشقی، به چشم می‌آید، یا نشانه‌ای از بودنش را بروز می‌دهد. از لحظه‌ی نخست عاشق شدن، از عشق ورزیدن، از پای پیش گذاردن و رفتن، از ابراز عشق نمودن، از صبرها، از اندوه‌ها، از نگاه‌ها، از نخستین لبخندها تا آخرین اشک‌ها، حتی در تمامی دوران وصال، همیشه و همواره، این تردید است که می‌تواند خود را به رخ بکشد و می‌توان گفت، تنها نیرویی‌ست که می‌تواند بر ناپایداری

و گذران بودن عشق، اصرار ورزد و پایه‌های عشق‌های آتشین و به ظاهر ماندگار را، خزنده و بی‌صدا، سست و ناپایدار کند. آری، عشق نیز دشمن خاموش خود را به‌همراه دارد. می‌باید این نکته را بدانی که عشقِ خالص و نیالوده به تردید، اگر نایاب نباشد، بدون شک، بی‌نهایت کمیاب است. برای این مسأله نیز، نسخه‌ی قاطعی وجود ندارد. شاید لازم باشد که با خودت کنار بیایی، که عشق را با همین تردیدهای همراهش بپذیری و به چنین ماهیتی از عشق باور داشته باشی و خلوص و شفافیت و تکامل را برای باورهایت بخواهی، نه برای عشقت! می‌شود گفت به این دلیل که اختیار عشق، یک‌سره در دستان تو نیست. عشق، راه خودش را می‌رود و خیلی از اوقات، هم اوست که تو را در پی خود می‌کشاند و به سمت و سویی، یا به مسیری، یا مقصدی، رهنمون می‌شود.

شاید به این نتیجه برسد که اشتباه کرده است، شاید به تردیدهای همراهش اجازه دهد تا بگویند و نشان دهند که (به قول عده‌ای)، همه چیز، سوءتفاهم بوده است. شاید پشیمانی، آخر و عاقبتش باشد و شاید حتی، روی دیگر سکه‌ی خود را نمایش دهد: نفرت!

البته گمان می‌کنم، تا زمانی که عشق را برای خودت نگاه داشته‌ای، تضادها و تردیدهای کمتری درباره‌ی آن پدیدار می‌شود. معمولاً، تردید، همراه با بیان یا ابراز عشق، بیشتر خودنمایی می‌کند. با تمام این احوال، جای‌هایی، زمان‌هایی و موقعیت‌هایی برای انتخاب وجود دارد. اگر با خودت به نتیجه رسیده باشی، اگر به این باور دست یافته باشی که عشقت، ارزشی فراتر از تردیدها و ترس‌ها و بدگمانی‌ها دارد و اگر توانسته باشی، گوهر عشقت را چنان بپرورانی و صیقل دهی که دلگرم به درخشش و تابیدنش بمانی، اندوه‌های ریز و درشت را از خود دور نگاه خواهی داشت و البته که رسیدن به چنین جایی و جایگاهی، کار ساده‌ای نیست.

روح‌های بزرگ، ماندن در کالبدها و فضاهای کوچک را تاب نمی‌آورند؛ و رفتن، سفر کردن، گذشتن و دل به دریا زدن، مرهمی‌ست بر این بی‌طاقتی دشوار،

بی‌اندیشیدن از بیم‌ها و دو دلی‌ها. تنها به احترام و پشتوانه‌ی عشق، عشقی بی‌حد و مرز، آزاد و بی پروا، جاری و دوست داشتنی، عشقی که می‌توان بخشید و بازیافت. عشقی که از آنِ تو و تنیده شده در وجود خود توست. می‌توانی آن را به پای معشوق بریزی یا اجازه دهی که با تو همراه باشد و بجوشد و لبریز شود و تو را عاشق عالم کند، آن چنان که سرچشمه و منبع عشق باشی و سرشار شوی از حس خوب و ماندگار عاشقانه. مهم این است که بدانی همین عشق است که می‌تواند تو را از خطرها و موج‌ها و گرداب‌ها عبور دهد و در دل رعب‌انگیزترین حادثه‌ها به‌سلامت نگاهت دارد و به تو انگیزه‌ی عبور و گذار و سفر ببخشد، تا هر منزل را، همچون دری ببینی، گشوده بر جاده‌ای سبز و هموار به‌سوی خانه‌ی معشوق.

این همان عشقی‌ست که امن و امانی زمینی و آرامشی بهشت‌آسا را در دل بزرگ‌ترین موج‌ها و شدیدترین طوفان‌ها، به تو ارزانی می‌دارد. با این عشق، تو داراترین دارای عالمی، بی‌پرواترین ناخدای تاریخ، پرشورترین مسافر دنیا و روشن‌ترین ستاره‌ی زمین! در انتظار چیستی مسافر؟ اگر توانسته‌ای بر تردیدهایت غلبه کنی، اگر مفهوم آنچه در وجودت می‌درخشد را به‌خوبی دریافته‌ای، اگر با سئوال‌های بی‌پایانت کنار آمده‌ای، اگر خواستن را برای خود برگزیده‌ای و راهِ رسیدن را در رفتن و عبور کردن و یک جا نماندن باز یافته‌ای، پس تو، آماده‌ی سفری.

هر چند که هنوز هم انتخاب با خود توست. گاهی در اوج هیجان سفر، در میان پرشورترین احساسات عاشقانه، در هیاهوی بیشترین خواستن‌ها، میل به رفتن‌ها، ناگهان بازمی‌مانی و نرفتن و ماندن را برمی‌گزینی، بی‌آن‌که واقعاً میل قلبی و باطنیت چنین باشد. گاهی حتی به خودت یا به اطرافیانت دروغ می‌گویی، این که نمی‌خواهی یا دوست نداری که بروی، در حالی که می‌دانی، چه‌قدر اشتیاق به رفتن در وجودت زبانه می‌کشد و چگونه در هر لحظه، شور عاشقانه بر در و دیوار وجودت می‌کوبد که وادارت کند به حرکت، به دل کندن از ایستادن و ماندن، به سفر، به رفتن، رفتن و رفتن... اما می‌مانی و نمی‌روی، با دلیل‌هایی که خودت بهتر از هر کس دیگری می‌دانی

و اسمش را حتی از خودگذشتگی نمی‌گذاری. برعکس، می‌گویی که این حماقت محض است، به خودت دشنام می‌دهی، در سکوت بر سر خود فریاد می‌کشی، از درون می‌شکنی، بی‌آن‌که کسی ببیند و بفهمد، حرارت شعله‌های بی پروای وجودت را به دشوارترین وضع، تحمل می‌کنی، می‌سوزی و دم بر نمی‌آوری، درد و رنج می‌کشی و هیچ نمی‌گویی، سکوت می‌کنی، سکوت... و به خاطر این سکوت هم، از دیگران طعنه‌ها می‌شنوی و بارگران آن را نیز بر دیگر سنگینی‌های انباشته شده در وجودت می‌افزایی و باز هیچ نمی‌گویی، باز سکوت می‌کنی و صبر... تا وقتی که ....

اما تو نباید چنین کنی؛ این سرنوشت تو نیست. این داستان تو نیست. باید بروی، ماندن سهم تو نیست. حالا که مصمم‌تر از همیشه، تکلیفت را با خودت می‌دانی، هیچ توقفی را بر خودت روا مدار. درنگ نکن. عشق، همراه تو در انتظار توست. پای در راه بگذار، تا ببینی که چگونه عشق در وجودت، همچون پروانه‌ای سبکبال به جنبش و پرواز در می‌آید و رنگ دیگری به حس‌هایت، به نگاهت و به روح و جانت می‌بخشد.

دریای مواج، پیش پای تو، پرنیان خواهد بود و طوفان سهمگین، برایت نسیم موافقی خواهد شد که وجودت در تمامی مسیر، از آن گرما خواهد یافت. پستی‌ها و بلندی‌ها، برای تو، راه هموار خواهند بود و عشق در مقابل تو، همچون گلی لطیف، خواهد شکفت و همچون ماهی شوخ و کوچکی، در کنار تو شنا خواهد کرد و جست‌وخیزکنان، تا ساحلی پوشیده از نور و مهربانی، همراهت خواهد بود. رسیدن به عشق، زندگی توست، آن را دریاب؛ و آرزوی من، طلوع بی‌غروب عشق، در هر گام و هر منزل و هر زمان، از سفری که در پیش داری، برای تو.... برای توست.

چهارم • تنها، با سایه‌هایی از پشت شیشه‌های مات •

چرا یک عاشق معمولاً تنهاست؟ آیا این صادرکردن یک حکم کلی‌ست یا واقعاً چنین است؟ مفهومی که از تنهایی می‌شناسیم، بیشتر با عبارت‌هایی مثل بی‌کس بودن، بی‌خویشاوندی، غریب بودن، تک و بی‌همراه و بی یار و یاور بودن، قرابت و شباهت دارد. تنها، آن کسی‌ست که دوست و آشنایی نداشته باشد، شاید هم باشند، اما همراه و همدل نباشند؛ انگارکه اصلاً نیستند. حضور به دل است، نه به بودن (یا فقط وجود داشتن) یک جسم بی حس و حواس؛ و شاید از این نظر، حضور، با عشق شباهت‌هایی داشته باشد. حاضری که دل به دیگری نسپارد، بر نبودن خود اصرار می‌ورزد. شاید این را خودش هم بداند که بودنی از این دست، تقریباً هیچ ارزشی ندارد، حتی در حد یک شیء، یک مجسمه، که دست کم می‌دانی، جسم بی‌جانی برای تزئین یا خالی نبودن فضای اطراف است.

گفتم تقریباً، چون آدمِ تنها، گاهی به همین حضور هم راضی می‌شود، همین نوع بودن را هم قبول دارد. این که فقط یکی باشد که به شکلی، فضای خالی خانه‌ات، زندگیت، قلبت، روحت و درونت را پُر کند؛ دست‌کم، گوشه‌ی کوچکی از آن را. گاهی دل‌خوشی‌های آدمی، چه سطح حداقلی و پایینی پیدا می‌کند. و تصور کن در چنین شرایطی، از همین حداقل‌ها هم محروم و بی نصیب باشی! وای که تنهایی، چه آواری می‌شود بر سر آدمی. هر چه قدر هم که بخواهی خودت را عادت بدهی، به خودت تسلی ببخشی، مسأله را نزد خودت کم اهمیت جلوه دهی و تنهایی‌هایت را نادیده بینگاری، باز هم خیلی وقت‌ها، در همان خلوت‌های تنهایی، در همان اوج‌های بی‌کسی و بی‌همدمی، بغض‌هایی‌ست که می‌شکنند و اشک‌هایی که سرازیر می‌شود. به حال خودت گریه می‌کنی، زار می‌زنی، دلت به حال خودت می‌سوزد و در بیشتر مواقع، کاری از دستت بر نمی‌آید. و تصور کن که تمام آدم‌های اطرافت هم وجود دارند، در بیابان برهوت نیافتاده‌ای، اما انگار، همه‌شان سایه‌هایی هستند از پشت شیشه‌های مات. آدمی فقط در غربت و دوری از وطن و خویش و قوم و آشنا، دچار این حالات نمی‌شود. بسیار اتفاق می‌افتد که در شهر و خانه‌ی خودت، بین آشنایان و بستگان و دوستان و جامعه‌ی خودت، تنهای تنها می‌مانی و آن وقت است که تصمیم می‌گیری، فضای خالی وجودت و پیرامونت را با چیزی پر کنی یا بهتر بگوییم، بپوشانی؛ آن قدر که کمتر به چشم بیاید و آزار دهنده باشد. اتاق بعضی آدم‌های تنها را دیده‌ای؟ پر است از عکس‌های شخصیت‌های مورد علاقه‌شان؛ هنرپیشه‌ها و بازیگران سینما، ورزشکاران، شخصیت‌های معروف دنیای مُد و سرگرمی، گاهی شخصیت‌های خیالی و فانتزی و کارتونی؛ و برای روشنفکرترها و اهل مطالعه و (شاید) جویندگان وجهه‌ی روشنفکری (یا گاهی، متفکرنمایی)، تصاویر ادیبان و اندیشمندان و فلاسفه و نویسندگان و سخنوران، یا شخصیت‌های انقلابی و سیاسی و مبارزان؛ اما در نهایت، همه‌ی اینها برای پوشانیدن چهره‌ی تنهایی‌ها.

اگر چه این تنهایی‌ها، خود خواسته و ارادی باشد، مثلاً برای جداکردن خود، از جماعت عوام، از بی‌سوادها و ابله‌ها و مشنگ‌ها و بی‌خاصیت‌ها (هرکس برای خود تعبیری دارد و مسئولیتش، البته با خود اوست).

هرچه هست، آدمی همواره در حال ساختن دنیایی دیگر، دنیایی ایده‌آل‌تر و آرمانی‌تر، در پیرامون خود است و بسیاری از اوقات، این پیرامون، از حریم شخصی فرد، فراتر نمی‌رود. از همان دیوارهای اطرافش یا اتاقش یا هر آنچه می‌تواند متعلق به او شناخته شود، حتی اگر در اندازه‌ی جیب لباسش باشد.

یک عاشق هم معمولاً اینچنین است. دنیایی برای خودش می‌سازد، البته با معشوقش، با تصویری یا حضوری مجازی و ساختگی از او، از آن! عشق، جلوه‌های رنگارنگ بی‌شماری دارد و جای تعجب نیست که حتی اشیاء نیز در این ماجرا، حکم معشوق را پیدا کنند. نمی‌بینی که عده‌ای از همین احساس‌ها، دکان و دستگاهی برای خود برپا کرده‌اند؟ تصور کن تا به‌دست آوری! تمرکز کن تا برسی! قانون جذب... اما اینها برای عاشق راستین، معنای چندانی ندارد. آری، از نظر ظاهری، یک عاشق، دنیایی و عالمی دارد با معشوق، بی‌حضور ملموس او (یا حتی آن). در ذهنش او را می‌بیند، لمس می‌کند، با او سخن می‌گوید و حتی پاسخ می‌شنود. پاسخی که می‌تواند فقط یک نشانه‌ی کوچک باشد. چشم‌هایش، نگاهش، گونه‌هایش، لبخندش، ابروانش، همه با تو سخن می‌گویند، هنگامی که حضورش را تجسم می‌کنی. بارها و بارها چهره‌اش را در ذهنت مرور می‌کنی و هرگز از این یادآوری، خسته و دلزده نمی‌شوی. نه، برعکس، هر بار بر اشتیاقت افزوده می‌شود، هر بار عشقت شعله‌ورتر و گرم‌تر می‌شود و این نیرویی‌ست که باید تو را به سوی او راهنمایی کند، بکشاند، حرکت دهد، باید کاری انجام دهی، باید بروی، پیامی بفرستی، چیزی بگویی و انتظار جوابی را داشته باشی که ممکن است هیچ گاه نرسد[1]. اما ناامیدی، سرنوشت عاشق نیست. اگر دستت کوتاه باشد، خیالت

۱. خبری آمده بود در رسانه‌ی بی‌بی‌سی فارسی به تاریخ ۲۷ اوت ۲۰۱۹، برابر با ۵ شهریور ۱۳۹۸ با این مضمون: نعمت اقدم از ولایت تخار افغانستان، مردی که با نامه‌های عاشقانه‌ی بی‌پاسخش زندگی می‌کند. مردی که حتی تصویری از معشوقه‌اش به همراه ندارد ولی می‌گوید: چهره‌ی او در تپش‌های قلبم ثبت است.

را به پرواز درخواهی آورد؛ هر چند که این خیال‌پروری، نمودی جنون‌آمیز بیابد و مگر جز این است که عاشقی، همنشین دیوانگی‌ست؟ عاشقی که چنین دنیایی را برای خود ساخته است، دچار تنهایی تحمیلی و ناگزیر نیست. او تنهایی را انتخاب کرده است، خواسته است که تنها باشد، با معشوقش، یا دست‌کم، با خیال و تصوری از او. همان‌طورکه اغلب، عشق، گونه‌ای از تنهایی را به همراه می‌آورد و بروز می‌دهد[۲]، گاهی نیز تنهایی، موجب پدیدار شدن عشق می‌شود.

ممکن است که این جمله تا حدودی کلیشه‌ای به‌نظر برسد، اما می‌شود گفت که برخی اوقات، «عشق، زاده‌ی تنهایی‌ست». در این حالت، موجودی که تنهاست عشق را به عنوان تسکین و دارویی برای رهایی از اندوه بی‌یار و یاور بودن و تک افتادن و بی‌همدم و همراه ماندن، انتخاب می‌کند. خیلی از وقت‌ها، چنین عشقی از همان‌گونه است که بر شمردیم، نمودش با نشانه‌های معشوق است، درجات مختلفی هم دارد. اما درجه‌هایی که اندازه‌گیری‌شان به هیچ روی آسان نیست. گاهی سطحی وکم عمق است، در حد یک تسکین ملایم و گذرا، چیزی که می‌دانی دور از دسترس توست، عشقی که باورکرده‌ای دست نیافتنی‌ست، دل‌خوش مانده‌ای به نشانه‌هایی که از آن عشق به یادگار نگاه داشته‌ای؛ تصویری، عطری، نوشته‌ای، کتابی، مجله‌ای، شیئی، هرآنچه بتواند ذهن و دل را به او یا به آن متوجه سازد و با هر بار یادآوری، نفس عمیقی بکشی، انرژی خفته‌ی کوچکی را بازیابی و سرگرم روزمرگی‌ها و کارها و مشغولیت‌هایی شوی که فراموشی را، گواراتر از عشق و عاشقی، برایت به ارمغان می‌آورند.

گاهی اما از این مرحله فراتر می‌روی؛ نشانه‌هایی خاص‌تر و پر رمز و رازتر را نگاه می‌داری، آنهایی که مثل رازی ناگشوده میان خودت و معشوقت حفظ کرده‌ای و

---

۲. درآزمایشی که روی کودکان یک مهدکودک درکشوری اروپایی انجام گرفته بود، لباسی که مادران بعضی کودکان به تن کرده بودند و بوی ایشان راگرفته بود، به کودکان‌شان دادند و آنهایی که بوی مادر را حس می‌کردند، کمتر در بازی با بقیه مشارکت می‌نمودند و گوشه‌گیرتر و خاموش‌تر بودند، همراه با لباسی که بوی مادرشان را داشت. همنشینی جالبی از آشنایی و تنهایی؛ و آشنایی به عنوان جلوه‌ای از عشق که داریم از آن سخن می‌گوییم. جالب اینجاست که کودکانی که سرما خورده بودند و بویی را حس نمی‌کردند، چنین نشانه‌ها و رفتارهایی را بروز نمی‌دادند و حتی از لباس به عنوان اسباب بازی استفاده می‌کردند و در برخورد با آن، بی‌مبالات و سهل انگار نشان می‌دادند.

کلید رمزگشایی‌اش در ذهن و خاطر و دستان خود تو قرار دارد. با دیگران سخنی از آن نمی‌گویی، برایت خاص و محترم است یا حتی شاید، مقدس. اینجا، پا را از دل‌خوشی‌های ساده و کوچک فراتر می‌گذاری و به‌جایشان، آرزوهای کوچک را می‌پروری. آرزوهایی که می‌توانند بزرگ شوند و بزرگ بمانند. آن‌که چنین عشقی را می‌پروراند، معشوق را در بهترین تصویر، بهترین نمود و جلوه و بهترین حالت و بهترین نوع بودنش، تجسم و تصور می‌کند. خوب‌ترین و زیباترین تصویرها از او را بر می‌گزیند و گاه و بی‌گاه، خویشتن را در کنار او (یا آن) تجسم و تصور می‌کند. این عشقی‌ست که می‌تواند به هزار راه و بیراه برود. می‌تواند آدمی را غرق در خود کند یا او را چنان در حسرت آرزوهای شاخ و برگ داده شده‌اش نگاه دارد که واقعیت‌ها را گم کند و در دنیایی موهوم و برزخی عذاب‌آور رها سازد، بی هیچ آینده‌ای یا نور امیدی. اما می‌تواند سازنده نیز باشد، عاشق را به حرکت وادارد، تغییری مثبت ایجاد کند، نگاهی تازه بیافریند و مسیر و مقصدی هیجان‌انگیز و خواستنی را پیش پای او قرار دهد، حتی اگر چندان هموار و سر راست نباشد.

ولی با تمام این احوال، باید بهتر بدانی که در اصل، همه‌ی اینها را خود آدمی، خود عاشق، رقم می‌زند. تصمیم‌ها، اراده‌ها، اندیشه‌ها و خواستن‌ها، در راهی که پیموده می‌شود نقشی مهم و اساسی دارند و چه جمع اضداد شگرفی در این میانه شکل می‌گیرد. البته سخت است که بگوییم جمع اضداد، سخت است که عشق را در تضاد یا تقابل با اندیشه و اراده و تصمیم بدانیم. عشق، نیروی محرک است و می‌تواند چنان بجوشد و به گردش در آید که همه‌ی حس‌ها و توانایی‌های عاشق را همسو و متحد کند و در راه رسیدن به معشوق، به هدف، به احساس‌های متعالی و به هر آنچه عشق می‌تواند ببخشد، همگام و همراه سازد. عشق در این شرایط، گاه یک بهانه است و یا راه گریزی یا پنجره‌ای‌ست برای فرار از احساس‌هایی ناخوشایند همچون تنهایی، روزمرگی، رکود، کسالت، رویدادهای تکراری، چهره‌ها، راه‌ها، ساختمان‌ها، شهرها یا برنامه‌های تکراری. باید چیزی

باشد که تو را به سوی مفهوم‌های تازه و لذت‌بخش‌تر برای زندگی رهنمون شود، چیزی باشد که زندگی را معنادارتر کند، تجربه‌هایی تازه به تو ببخشد، از رکود و جمود و درماندگی رهایت کند، تو را به حرکت وادارد؛ و این کارهای دشوار (که گاهی تا مرز محال بودن هم پیش می‌روند)، لابد از عهده‌ی عشق برمی‌آید. وگرنه چرا عشق می‌تواند همدم تنهایی‌ها باشد؟

باور دارم که عشق از چنین نگاهی، نباید تبدیل به دارویی عام و در دسترس و کم قیمت شود که در تجویز برای بیماری‌های مختلف با علایم مشابه، همواره به چشم می‌خورد. چنین عشقی، حکم یک قرص استامینوفن یا سرماخوردگی را پیدا می‌کند که پای ثابت نسخه‌های بیماری‌های معمول و شایع فصلی‌ست. آن که فقط و فقط، برای رهایی از تنهایی به عشق پناه می‌برد، بدون داشتن شناخت از عمق و معنای عشق، بدون فهمیدن ارزش عشق، نه خود آرامش و رضایتی از احساس‌های عاشقانه درمی‌یابد و نه حرمت و جایگاه راستین عشق را نگاه می‌دارد. توضیحش سخت است. اما شاید بشود درباره‌ی این موضوع سخن گفت یا صحبت کرد که عشقی که تنهایی می‌آورد، با عشقی که حاصل احساس تنهایی است، تفاوت‌هایی دارد. هر چند نباید فراموش کرد که گفته بودم، عشقی که حاصل احساس تنهایی است نیز درجات و شکل‌های متفاوتی دارد. آن که پرسش‌گر و بی‌قرار و تعالی‌جوست، آن که از شرایط موجود احساس خرسندی نمی‌کند، آن که بهشت گمشده‌ای دارد یا مفهوم آن را از پیشینیانش به ارث برده است، آن که می‌داند چیزی باید باشد که نیست، ممکن است عشق را در جای‌ها و موقعیت‌هایی بجوید که از نگاه دیگران، ارزش تمرکز و تفکر و تأکید و دیدن و دریافتن ندارد. عشق (تا حد بسیار زیادی) منحصربه‌فرد است و همین ویژگی‌ست که عاشق را مجذوب خود می‌سازد و ازگشتن در مدار معمول دیگران، بازمی‌دارد. اما طنز تلخ ماجرا در اینجاست که چنین عشق یگانه‌ای را، معمولاً یا اغلب یا گاهی اوقات (بسته به شرایط مختلف)، ناچاری برای خود نگاه داری تا یکتا یا

بی‌همتا بودنش را برای تو حفظ کند. اتفاق می‌افتد که آن را در معرض قضاوت دیگران قرار دهی و دلسرد شوی، پیش می‌آید (و معمولاً هم زیاد پیش می‌آید) که هیچ بازخورد خوشایندی از جانب معشوق در نیابی و دریافت نکنی و شاید مثل خیلی‌ها، ساده‌ترین و در دسترس‌ترین گزینه را انتخاب کنی و عشقت را تبدیل به نفرت نمایی تا از این راه، حس شکست و سرخوردگی را در وجودت تسلی دهی. اینجا، حساب‌های فرمول‌بندی یا قالب‌ریزی شده، جواب نمی‌دهند.

پرسش من این است که چرا و چگونه عشقی از این دست، تو را به تنهایی می‌خواند؟ گمان می‌کنم عشق می‌تواند چنان گرم و جاری در وجود عاشق سرازیر شود که او را متقاعد کند تا پاسخ همه‌ی نیازهای خود را در این حس تازه‌ی بی‌همتا بجوید و دریابد و دنیای خویشتن و معشوقش را از هر چه در پیرامون است جدا سازد تا از همه‌ی احساس‌های خوب عاشقانه سیراب شود و به این باور برسد که آنچه در میان دیگران نمی‌یافته، حالا، یک جا و هم‌زمان، پیدا کرده است؛ همچون جوینده‌ی گنجی که وقتی به مطلوب خود می‌رسد، ناخودآگاه از همه چیز و همه کس جدا می‌شود، محو در چیزی که برای رسیدن به آن تلاش کرده است، خود را از هر چه غیر آن است دور می‌کند، گویی که وارد دنیای دیگری یا فضای دیگری شده است، خودش است و یافته‌ی با ارزش گران‌مایه‌اش، تنها با هم.

شاید بعضی وقت‌ها این را دریافته باشی، زمان‌هایی که خسته از زمین و زمان، در پی گریز از شرایط آزار دهنده‌ی پیرامون، دنبال راه چاره‌ای می‌گردیم و با این که نمی‌توانیم حس‌های‌مان را از دریافت اتفاقات ناخوشایند اطراف‌مان باز داریم، اما اگر مهارت لازم را داشته باشیم، می‌توانیم حواس‌مان را بر چیزی خوشایندتر و مطلوب‌تر متمرکز کنیم تا کمتر به واسطه‌ی محیط و شرایط آن، دل آزرده و مکدر شویم. هر چند که مهیا کردن این دل خوشی‌های کوچک، در این روزگار، خود، تبدیل به بازاری پر سود و پر حاشیه شده است، گویی که در یک کارخانه‌ی بی انتهای حواس پرتی به سر می‌بریم.

پس تنهایی در چنین حالتی، مفهومی متفاوت‌تر از یکه و بی‌کس بودن را می‌رساند. تنهایی در اینجا، یعنی دوری از غیر (اغیار)، یعنی دوری از هیاهو و گیرودار اطراف، دور از حرف‌ها، آدم‌ها، رفتن‌ها و آمدن‌ها، اتفاق‌ها، خبرها، صداها؛ تنها، با آن‌که دوستش می‌داری، با آن‌که فقط با وجود او، یا با فکر او یا خیال او، آرام می‌یابی؛ برای تو همه چیز است، تو را بس است، حتی اگر کنار تو نباشد، هر چند که دور از تو باشد. تو می‌توانی وجودش را احساس کنی و شاید خوبی دور بودن در این شرایط، خوبی عشق یک‌سویه و یک‌طرفه‌ای از این جنس، در این است که می‌توانی آزادانه دوستش بداری. آزادی در انتخاب، آزادی در عشق ورزیدن، حُسن بزرگی‌ست که رنج دوری از معشوق را، تا حدودی تسکین می‌دهد. دیگر نگران احساس‌های متقابل نیستی، دیگر از هر نشانه‌ای که برایت مفهوم بی‌توجهی بدهد، اندیشناک نمی‌شوی، دلخوری‌هایت از معشوق، کم و کمتر می‌شود و این حس خوشایندی‌ست. و حالا فکر کن که اگر بتوانی با حضور معشوق، با بودن در کنارش، چنین حسی داشته باشی، چه آرامش شگرفی نصیبت خواهد شد. اما همواره باید بدانی که عشق، هم‌زمان، هم ساده‌تر و هم پیچیده‌تر از این حرف‌هاست و این دوگانگی، زمانی بیشتر احساس می‌شود و به چشم می‌آید که بخواهی آن را در یک ارتباط دو طرفه (یا دو جانبه یا دو سویه... شاید نامش به اندازه‌ی مفهومش مهم نباشد) بجویی و معنا کنی.

عشق می‌تواند برای تو، معنایی ساده و سر راست بیابد. آن که عشق را در گوشه‌های پنهان یا کمتر آشکار و واضح زندگی می جوید و می‌یابد، مفهومی قابل لمس و نزدیک از آن را دریافت می‌دارد، می‌فهمد و حس می‌کند. عشق در این حالت، برای او امری شخصی‌تر و منحصربه‌فردتر است که می‌تواند کیفیت و چگونگی و شکل و احساس آن را برای خود معلوم و مشخص و تعریف کند و به این ترتیب، ارتباطی نزدیک و خودمانی با آن برقرار سازد. اما ممکن است، دیگری یا دیگران، به مفهوم متفاوتی از عشق قائل باشند، شاید چارچوب‌هایی خاص برای

آن تعریف کرده یا وجود و بُروز آن را منوط به نشانه‌هایی مشخص و دسته‌بندی شده بدانند و آن هنگام است که درک مفهوم عشق در ارتباط با ایشان، پیچیده و معمولاً دشوار می‌شود. آن‌چنان که گاه، سرخوردگی و یأس و ناراحتی حاصل آن است و این طور وقت‌ها، زیاد پیش می‌آید که عشق را مقصر بدانی و احتمالاً دشنام‌هایت را نصیبش کنی یا دق‌دلی‌هایت را بر سرش آوار نمایی. آن وقت است که امکان دارد تصمیم بگیری که عشق را از خود دور کنی و روی از عشق برگردانی و در چنین حالتی، باز هم احساسی جز تنهایی در انتظارت نخواهد بود و این بار، تنهایی آزار دهنده‌تر است؛ تنهایی‌ای که باعث می‌شود از همه چیز روی گردان شوی، از هر آنچه که رنگ زندگی دارد، چراکه عشق، جاری در زندگی‌ست و این مسأله، قابل انکار نیست. اگر چنین انتخابی داشته باشی، همه چیز و همه جا را تهی و بی‌معنا خواهی یافت و آنچه را بی‌معنا بدانی، پیش ذهن و احساست رنگ خواهد باخت و به خودت که می‌آیی، می‌بینی که در هیچستانی بی‌در و پیکر، در تُهی‌کده‌ای زجرآور، پوچ و خالی از هر نشانه‌ای از عشق و زندگی، تنها مانده‌ای.

آیا متوجه می‌شوی که چگونه می‌شود با تنهایی به اوج رسید یا در قعر پوچی و تباهی، ماند و افسرد و پوسید؟ آدمیزاد موجود عجیبی‌ست. می‌تواند در اوج دستِ خالی بودن و تنهایی، حماسه‌هایی شگرف بیافریند، می‌تواند تا دورترین فاصله‌ها سفر کند، ناب‌ترین احساس‌ها را نزدیک و ملموس، دریابد، زیباترین منظره‌ها را ببیند و به یاد ماندنی‌ترین و خواستنی‌ترین و خوب‌ترین لحظه‌ها را در کنار دوست داشتنی‌ترین عزیزانش بگذراند، بی‌آن‌که از محل و جایگاه فیزیکی خود جابه‌جا شود و همه‌ی اینها را با نیروی خیال و تصور، در هر زمان که بخواهد، شدنی و ممکن سازد و من نمی‌توانم در این خیال‌پردازی‌های بی نظیر، نقش و جایگاه عشق را نادیده بگیرم.

البته که دنیای مجازی، کار ما را در خیال‌پروری هم راحت کرده است، اما گفت‌وگوی ما از قدرت عشق است که پرواز در اوج خیالات لطیف و عاشقانه را

امکان‌پذیر می‌سازد. عشق بی‌شک، در این بین جایی دارد، حضورش را، وجودش را کاملاً می‌شود فهمید. اگر عشق نباشد، تصویری در ذهن نقش نمی‌بندد، حسی به زیبایی نمی‌گرود، معشوقی که دورتر از همه‌ی دوری‌هاست، به تو نزدیک نمی‌شود، در کنارت نمی‌نشیند، پا به پایت نمی‌دود، چشم در چشمت نمی‌دوزد، به رویت لبخند نمی‌زند، دست‌هایت را نمی‌گیرد، حسی به وسعت یک اقیانوس از سبکی و آرامش را در وجودت سرازیر نمی‌کند، همراهت نمی‌ماند، نمی‌خواند، از عشق و از زیبایی‌ها نمی‌گوید، عطر دل‌انگیز طبیعت را در کنار تو نمی‌بوید، موسیقی دل‌انگیز آب و باد و باران، یا صدای بال زدن پرندگان، یا آوای مرغکان یا جوشیدن چشمه‌ها یا خروشیدن رودها یا غلتیدن موج‌ها یا چکیدن قطره‌ها یا جهیدن خرگوش‌ها یا نغمه‌ی مداوم جیرجیرک‌ها را نمی‌شنود، وزیدن نسیم گرم صبحگاهی را که همچون روحی در کالبد همه چیز و همه جا می‌پیچد احساس نمی‌کند. می‌بینی که عشق، چگونه می‌تواند ذهن تو را در بی‌نظیرترین بهشتی که می‌توان سراغ گرفت، به میهمانی ببرد؟ وقتی که عشق را داشته باشی، حرکت را خواهی داشت و هنگامی که به حرکت درآیی، بال خواهی گشود و آن‌گاه که بال بگشایی، به پرواز در خواهی آمد و در اوج پرواز، در بلندای احساس، تنهایی با شکوهی[۳] را در خواهی یافت که جدا افتادگی و رکود و جمود و تباهی را نمی‌شناسد، زیرا که در چنین حالتی، تمامی هستی با تو همراه و هم‌صدا و هم‌نفس خواهد بود و این، البته که از معجزه‌های عشق است. پیدا کن تا باورش کنی و باورش کن، تا دریابی.

تنهایی از این جنس، به راستی با شکوه است، اما حتی آنهایی که این حس شکوهمند را دریافته‌اند نیز، نیاز دارند تا تنهایی خود را با دیگران یا دیگرانی قسمت کنند و اگر می‌پرسی که نقش عشق در این میانه چیست، خواهم گفت که این احساس نیاز، زمانی مفهوم لطیف خود را آشکار می‌سازد که ردی از عشق در وجود نیازمند، قابل تشخیص باشد. آن‌که با غرور، خود را ایستاده بر قله‌ی

---

۳. تنهایی باشکوه، به تعبیر مرحوم عباس کیارستمی که شخصیتش را، هنرش را، نگاهش را و سبک زندگیش را بسیار دوست می‌داشتم و دارم.

بی‌نیازی و بی‌همتایی احساس می‌کند و تک بودگی‌اش را دلیلی برای متمایز بودن می‌داند و گمان می‌برد که جدایی و کناره‌گزینی از زنجیره‌ی عشق، بر خاص‌تر بودن و گزیده‌تر بودنش خواهد افزود، یا بویی از عشق نبرده است، یا آن را چنان در وجود خویش مدفون و متروک ساخته، که یافتن و دریافتنش را بی‌نهایت دشوار و گاه، بی‌ ثمر نموده است. گفتنش آسان نیست، اما باید بگویم که آنها عشق را نمی‌فهمند. عشق، فهمیدن می‌خواهد، باور کردن می‌خواهد، مثل پری‌های کوچک بال‌گشوده در طبیعت، مثل صدای زنگوله‌ی سورتمه‌ی بابانوئل۴، مثل ماجرای پری‌های دندان، مثل قاصدک‌هایی که پیک و پیغامبر آرزوهایت می‌شوند، مثل انتظار اتفاق‌های خوب، بعد از دیدن گربه‌های سیاه یا سفید، عشق را باید باور داشت. باورکه داشته باشی، می‌بینی که چگونه عشق در آتش کوچکی که برای گرم کردن میهمان ناخوانده‌ات افروخته‌ای، شعله‌ور می‌شود، در همهمه‌ی برگ‌هایی که از وزیدن باد بهاری به حرکت در می‌آیند شنیده می‌شود، در سکوت و سپیدی برف زمستانی، بر زمین می‌نشیند، در دانه‌های باران پاییزی می‌بارد، در حرارت خورشید تابستانی می‌درخشد، در بازیچه‌های کودکانه جست‌وخیز می‌کند۵، در صدای چرخ ریسندگی، در پناه چتری گشوده، در سرخی نقش بسته بر لبه‌ی یک فنجان، در عطری که نشان از حضوری نزدیک دارد، در هرآنچه که نشانه‌ای از زندگی به حساب می‌آید، می‌توان پیدایش کرد. عشق، جاری در زندگی‌ست. هر زمان که آن را دریابی، تنها نیستی و حس تنها بودگی، با جایگاهی که عشق را در آن یافته‌ای، دور خواهد شد؛ خواه طبیعت باشد، یا مکان یا موقعیتی خاص، یا آن دیگری یا دیگرانی که گفتم.

کافی‌ست که آن را دریابی و سپس احساسش کنی و آن وقت خواهی توانست، لمسش کنی. عشق در لباس زیباترین وجود عالم، بر تو آشکار خواهد شد و با تو خواهد ماند و تو، هرگز تنها نخواهی بود. آدم‌هایی که بتوانند عشق را این چنین

---

۴. در فیلم قطار سریع‌السیر شمال. (The Polar Express)

۵. نگاه کن به پیامبر، اثر جبران خلیل جبران. خدا. ترجمهٔ حسین الهی قمشه‌ای.

در وجود خویشتن نگاه دارند، زیاد نیستند. حتی زمانی که خودشان (جسم‌شان) هم حاضر نباشند، عشقی که پرورده‌اند، باقی و ملموس است، دلگرم کننده است، مایه‌ی امیدواری‌ست، آیینه‌ی آشنایی‌ست، در این عشق‌ها که نگاه می‌کنی، چهره‌شان، نگاه‌شان، لبخندشان را می‌بینی و حضور همزمان اشک و لبخند را در وجود خودت احساس می‌کنی. آنها در عشق‌های‌شان حضور دارند و چه استثنای شگرفی‌ست که ایشان، روح عشق‌هایشان هستند و چه چیز ماندگارتر از این که عشقی نامیرا، روحی جاودان را در خود و با خود، داشته باشد؟

پرسشی که همواره از خودم دارم، این است که آیا ما نیز می‌توانیم این چنین باشیم؟ آیا ما نیز توان پروردن چنین عشقی را داریم؟ این همان عشقی‌ست که با وجودش، تنهایی را احساس نمی‌کنی و همانی‌ست که آن تنهایی‌های با شکوه را، نصیبت می‌سازد.

پنجم • مثل یک پیله‌ی گرم •

شنیده بودم که عشق آرامش می‌بخشد و نمی‌دانم که چرا این‌گونه بی‌قرار شده‌ام؟ آیا عشق هنوز نتوانسته در من حس اطمینان و دلگرمی را برانگیزد و یا پرسش‌های بی‌پاسخ، تردید را همچنان در وجودم زنده نگاه داشته است؟ چرا می‌روی؟ به کجا می‌روی؟ برای که می‌روی؟ برای چه می‌روی؟ تو که می‌دانی یا دست‌کم حدس نزدیک به یقین می‌زنی که چشم انتظار تو نیست، تو که می‌دانی برای دیدارت شور و شوقی ندارد؛ تو که می‌دانی از حال تو بی‌خبر است یا شاید اصلاً برایش اهمیتی ندارد. پس چرا؟ چرا از روزگار درس نیاموخته‌ای تا در چنین برزخ بی‌پایانی گرفتار بمانی؟

اما من، زیر بارانی پیاپی از تردیدها و پرسش‌ها، آشفته‌تر از همیشه، سرگردان‌تر از پیش، بی‌جواب‌تر و خاموش‌تر از هر زمان دیگری، تصویر تو را پیش روی خویش

می‌دارم و آرزو می‌کنم که ای کاش همراه تو می‌بودم و تو، همراه من بودی. آرزو، هر چه‌قدر هم دور، هر چه‌قدر هم دست نیافتنی و محال، هر چه‌قدر هم تعجب‌آور و خنده‌دار، جزئی از عشق است و آن که جرأت پروردن آرزوها را نداشته باشد، توان عشق ورزیدن نیز نخواهد داشت. شاید میان من و تو هزار هزار سال فاصله باشد، بر فرض که داستان عشق من به تو را با ندیدن و نرسیدن ابدی نوشته باشند، گیرم که هیچ تضمینی در عبور از فاصله‌ها، مانع‌ها و دشواری‌ها برای رسیدن من به تو، ولو به قیمت گذشتن از کالبد جسمانی و سپردن ادامه‌ی راه به روح[1]، وجود نداشته باشد؛ نه، هر چه فکر می‌کنم، اینها چیزی از عشق من به تو نمی‌کاهد. اگر عشق می‌تواند از پس همه‌ی تردیدها سرک بکشد و رخ بنماید و حضورش را یادآوری کند، پس من باید بتوانم در کنار تو باشم و تو در کنار من. همراه با من. آرام و مطمئن و زیبا، بی دغدغه، شاد و سرخوش، شوخ و سر حال. و اگر اندیشناکی‌ای می‌بود، اگر نگرانی‌ای وجود داشت، این بود که مبادا لحظه‌ای خاطرت از چیزی پریشان شود یا نکته‌ای تو را بیازارد و این حس مراقبت و دلشوره‌ی خوشایند، با بودن تو، بسیار شیرین‌تر و قابل تحمل‌تر بود، از آنچه که اکنون بر من می‌گذرد؛ و چیزی جز حس بودن تو، آن را قابل تحمل نمی‌کند. چشم‌هایم را می‌بندم و حضور تو را تصور می‌کنم، گرم و نزدیک، با همان چشم‌های بی‌بدیل، با همان شوری که در وجود تو می‌جوشد و در روح من سرازیر می‌شود، با همان عشقی که در قلب من جوانه می‌زند و در نگاه تو می‌شکفد و چه بی‌معناست، فاصله‌ها و زمان‌ها، در هنگام لمس این احساس‌ها.

بارها این جمله را از عاشقان، خطاب به معشوق‌های‌شان شنیده‌ام که: «تو را این‌گونه دوست می‌دارم» و من همواره با خودم می‌اندیشم که تو را چه‌قدر بی‌بهانه، چه آزادانه دوست می‌دارم. هر چند که این بی بهانگی، بلای جان من شده است. من برای معشوق خود و شاید برای عشق خود، تعریف محدودکننده‌ای نداشته‌ام، من عشقم را فراتر از تعریف‌ها، والاتر و برتر از واژه‌ها و انتزاعی‌تر و پیچیده‌تر از همه‌ی شکل‌ها و قالب‌ها، باور دارم. پس نمی‌توانم آنچه را احساس می‌کنم، در کلمات

۱. آخر داستان شازده کوچولو، اگر چه تلخ، برای ما.

بگنجانم. سکوت می‌کنم، سکوت... و این سکوت، این خاموشی بی‌نشانه، این غوغای بی‌صدا، چه فرسوده می‌کند مرا. انگارکه آرام و مخفیانه، مرگ مرا رقم می‌زند، بی‌آن‌که بدانی یا بدانند، که چرا؟ انگارکه سرنوشت عشق خاموش، مرگ در عین بی‌گناهی و گمنامی‌ست.

هر چند که من به مرگ نمی‌اندیشم، آن که عاشق است، از مرگ قوی‌تر است. عشق، همواره زندگی‌ست. عشق، جاری و روان است، سکون و جمود و رکود ندارد، جوشان و خروشان است، تابناک و درخشان است و اینها همه، نشانه‌های زنده بودن و حیات داشتن است. عشق، عالمی‌ست، فراتر از آنچه که دیگران در آن، با مفاهیمی همچون مرگ و زندگی سر و کار دارند. عشق، عالمی‌ست، متفاوت‌تر از آن که زمانِ معمول آدم‌ها، آدم‌های معمولی، آدم‌های عادی، آدم‌های منطقی، در آن حاکم باشد. عشق، عالمی‌ست، والاتر از قانون‌های طبیعی و یا وضع شده، برتر از محدودیت‌ها، چارچوب‌ها و باورها، حکم‌ها، قضاوت‌ها... . عشق، عالم عاشقان راستین است.

ای مقیمان درت را عالمی در هر دمی
رهروان راه عشقت، هر دمی در عالمی
از قدم دم چون توانم زد که در راه تو هست
ز اول صبح ازل تا آخر محشر، دمی

(خواجوی کرمانی)

پس چه تفاوت می‌کند که کجا باشم، بودنی که برایم مهم است، بودن با یاد توست، اگر بودن با تو را، زیاده‌خواهی و بلند پروازی بی‌محابا به حساب آوریم. و عشق چه خوب است، چه مهربان است، این وقت‌ها که یاد معشوق را با خود همراه می‌کند، به خاطر دل عاشق بینوا. یا شاید هم به خاطر خودش، که عشق بی‌معشوق، خیلی وقت‌ها، مثل خواب بدون رویاست، که هست، اما تکراری و فراموش شدنی.

پس عشق، شاید که زیرکانه، جلوه‌ی معشوق را همچون تصویری مجازی، نهفته در انگشتری جادویی، نزد خود نگاه می‌دارد و هر از چندگاهی، به بهانه‌ای،

آن را ظاهر می‌سازد، که می‌داند، یاد معشوق، با دل عاشق، چه می‌کند... چه‌ها می‌کند. و آیا این ظلم در حق عاشق بیچاره نیست؟ نه؛ عشق با حضور معشوق، مفهومی لطیف و دوست داشتنی می‌یابد و عاشق، حریصانه، یا از سر اشتیاق، یا ناخودآگاه، پی بهانه‌ای می‌گردد تا جلوه‌ای از معشوق را احساس کند و اگر عشق به یاری نیاید، احساسی در میان نخواهد بود. عشق مهربان است، التیام‌بخش است، همراه و همنشین لحظه‌های خوب احساس و حضور است. عشق همان است که در وقت‌های بغض و دلتنگی، سر بر شانه‌اش می‌گذاری یا بر دامانش آرام می‌یابی یا در کنارش می‌نشینی یا با آن هم‌قدم می‌شوی، یا در آسمان خیال، اوج می‌گیری، یا با نگاه عاشقانه خیره می‌شوی و همه‌ی عالم را، هر چه هست را، هر آنچه که قابل حس کردن و فهمیدن و لمس کردن و تصور کردن است را، جور دیگری می‌بینی و عاشقانه احساس می‌کنی.

اعتراف می‌کنم، گاهی که از دنیای خودم بیرون می‌آیم، همان وقت‌هایی که احساس جدا بودن و تنهایی می‌کنم، همان وقت‌هایی که دنیای پیرامونم، بیشتر از همیشه، غریبه و نامأنوس می‌شود، از این که دیگران، چگونگی نگاه و احساس مرا درک نمی‌کنند، اندوهگین و دلسرد می‌شوم. اما معمولاً زود، خیلی زود، به یاد می‌آورم و با تمام وجودم احساس می‌کنم، لمس می‌کنم، که عشق تو مرا بسنده است. من با این عشق سیراب می‌شوم، لبریز می‌شوم، هر چه هست تویی؛ تو در قلب هر دانه می‌شکفی، تو با هر ابر می‌باری، تو در هر چشمه می‌جوشی، با هر جویبار جاری می‌شوی، با هر رود می‌خروشی، با هر موج به رقص می‌آیی، با هر نسیم پر می‌گشایی، با هر طلوع می‌تابی، با هر غروب گُل‌گونه می‌شوی، با هر ستاره چشمک می‌زنی، با هر شهاب می‌گذری، با هر ماهی دریا شنا می‌کنی، با هر پرنده می‌خوانی، با هر چشم پلک می‌گشایی، با هر نگاه لبخند می‌زنی، با هر قطره‌ی اشک سرازیر می‌شوی، با هر شعله می‌سوزانی، با هر دانه‌ی برف می‌درخشی، با هر غنچه می‌شکفی، با هر پروانه بال می‌زنی، آری، هر چه هست تویی و تو در هر آنچه

که حس می‌شود، هر چه که وجود دارد، حضور داری. می‌بینی که چگونه با تو، به عشق معنا می‌بخشم؟ من با عشق تو، عاشق عالم شده‌ام. می‌توانی از من نشنیده بگیری، اما این معشوق ارزش زیستن و این عشق، ارزش مردن را دارد.

نه، نه! هیچ تردیدی مرا از این راه که می‌روم، باز نخواهد داشت. من برای دیدن تو، برای لمس حضور تو می‌آیم. چرا و چگونه پا پس بکشم؟ تو برای من همان نوری هستی که در انتهای تاریکی دیده می‌شوی، پس چگونه به سوی تو نیایم؟ اگرچه برای ما، کم پیش نیامده است که از روشنایی به تاریکی پناه برده‌ایم! همان وقت‌هایی که آنچه را در روشنایی بوده است واقعیت نام نهادند، و واقعیت در دنیایی که من دیدم، برابر بود با همه‌ی تلخی‌ها. هر چه که ناخوشایند بود، واقعیت نام داشت و من یک عمر، گریختم و پنهان شدم و دوری جستم، از واقعیت‌های دیگران. واقعیت‌هایی که آدم‌ها را از هم دور می‌کرد، فاصله می‌گذاشت، حق‌ها را پایمال می‌کرد، دروغ می‌گفت، افاده می‌فروخت، مزخرفات می‌بافت، پیش چشمان ما؛ و هر بار مجبور بودیم که بگریزیم، مجبور بودیم که بگریزیم و آنچه به فریاد من رسید، عشق بود و تو بودی.

شاید گفته‌های من باعث شود که عشق را همسان و مترادف، یا برابر با خیال‌پروری بدانی. خیلی‌ها هستند که این را می‌گویند، خیلی‌ها هستند که عشق را خیالات بی اثر و بی ثمر می‌دانند. عشق، گر چه ممکن است که تخیل را برانگیزد، هر چند که می‌تواند تو را تا پیش روی معشوق ببرد، آن چنان که رویاروی با او سخن بگویی و کلامش را بشنوی و لبخندش را ببینی و حتی گرمی دستانش را احساس کنی، بی‌آن‌که واقعاً حضوری مجسم و حقیقی و جسمانی در پیشگاهش داشته باشی؛ اما به‌گمان من، اینها به خاطر هم مسیر شدن خیال و عشق است، به خواست و تمنا، یا اراده‌ی عاشق. این دو، اگرچه بسیار پیش می‌آید که همسو و همراه باشند، اما از یک جنس دانستن‌شان، کار دشواری‌ست و چه بسیار پیش آمده که عشق، خیال را (یا تصور را) متهم به گزافه‌پروری کرده است، همان «چه فکر می‌کردیم و چه شد» خودمان. واژه‌ها و مفهوم‌ها، می‌توانند معناهای متناقضی

داشته باشند. این را پیش‌تر نیز گفته بودم. مثل همان نوری که می‌تواند در انتهای تاریکی، امید و اشتیاق ببخشد و مژده‌ی رهایی و آزادی بدهد، ولی ممکن هم هست که آشکارکننده‌ی ناخوشایندی‌ها و ناگواری‌هایی باشد که آرزو می‌کنیم هیچ وقت نمی‌دیدیم. احساس‌های ما با داشته‌های‌مان شکل می‌گیرد و به‌گمانم که نداشته‌های‌مان نیز در این بین نقش دارند. آن‌که تنها دارایی‌اش عشق است، چه احساسی می‌تواند داشته باشد؟ راست می‌گفت که با عشق آرامش می‌آید، راست می‌گفت، اما دشوار است که پایه‌ی همه‌ی وجودت و همه‌ی احساس‌هایت را بر عشق بنا کنی؛ سخت است که آن چنان لبریز از عشق شوی که جای خالی دیگری باقی نگذاری، توصیفش بی نهایت مشکل است، اما آن‌که چنین عشقی را در وجود خویش می‌پرورد، ناگزیر است از گوشه‌نشینی و خلوت گزینی، ناچار است از پنهان شدن و سکوت کردن، چراکه همواره در معرض طعنه‌ها و تهمت‌ها و گزافه‌گویی‌ها و نیش‌ها و زخم زبان‌ها و بی‌احترامی‌ها قرار دارد. نمی‌دانم چرا؟ واقعاً توجیه دقیقی درباره‌اش ندارم، اما هر چه از این عشق سرشارتر می‌شوی، دیگران تو را هدف مناسب‌تری برای هجوم می‌بینند و این دیگران، شامل اطرافیان نزدیکت نیز می‌شود و چه چیزی تلخ‌تر از این؟ چه چیزی خفقان‌آورتر و عذاب دهنده‌تر از این؟ و چه با ارزش است وجود تو، عشق تو، که با همه‌ی این تهدیدها و ناملایمات، راه بیافتد و پی تو بیاید و چنین مسیری را برای رسیدن به تو بپیماید.

چه بسیار پیش آمده است که در برابر چنین عشقی، احساس ضعیف بودن کرده‌ام. خود را کم‌توان یافته‌ام، طاقتم را از دست داده‌ام؛ این وقت‌ها، همان موقع‌هایی‌ست که عشق، آدم را تنها می‌گذارد. سربه‌هوا و بی‌خیال و بی‌مسئولیت، بلند می‌شود و پی سرگرمی‌های خودش می‌رود و چه‌قدر آدمی، احساس تهی بودن می‌کند. عشق، بوالهوس و گریزپای می‌شود تا دلتنگش شوی، تا نبودنش را احساس کنی، تا جای خالی‌اش آزارت دهد، تا قدرش را بدانی، انگار! ولی چه نیازی به قدرشناسی دارد؟ و یا چه علاقه‌ای به خودنمایی؟ شایدکه دلی و وجودی شایسته

را می‌جوید تا با آرامش در آن بیاساید. عشق نیز، خانه‌ای مطمئن می‌خواهد، برای بودن، برای دوام یافتن. چرا من پرستار عشق تو شدم؟ چرا؟ چرا؟ چرا؟

من در وجود تو پی چه می‌گردم؟ چه اصراری دارم که تکه‌ای گمشده را در وجود تو بیابم؟ حس من، شبیه به حس کودک گمشده‌ای‌ست که خانه‌ی خود را می‌جوید و می‌یابد؛ و به یک‌باره، همه‌ی آرامش و اطمینان و امنیت را، یکجا پیدا می‌کند. عشق تو، پیله‌ی گرمی می‌شود، که فراغت خیال می‌بخشد و من، همواره به این مأمن گرم و آرام، پناه برده‌ام، پناه آورده‌ام. آنچه مرا این چنین هواخواه تو کرده است، تجلی یافتن عشق به دست توست. راستش را بخواهی، نمی‌دانم که چگونه توانسته‌ای و شاید خودت هم راز چگونگی‌اش را ندانی. شاید پاسخ مشخص و جامع و قانع‌کننده‌ای برایش نیابی یا نداشته باشی، اما این معجزه‌ای‌ست که با تو رخ داده است. آنها که توانایی متجلی کردن عشق را دارند، آنهایی که می‌توانند نشانه‌های عشق ناب و لطیف و دوست داشتنی را آشکار سازند، آنها که از حرف‌های‌شان، نگاه‌شان، گرمی دست‌های‌شان، کارهای شگفت‌آور و در عین حال، ساده‌شان، توجه‌شان، بودن‌شان، حضورشان، سکوت‌شان، فریادشان، زندگی‌شان و حتی... مرگ‌شان، عشق می‌جوشد و می‌بارد و می‌تراود، شاید خودشان هم نمی‌دانند که چگونه چنین می‌کنند؛ شاید حتی یادشان نمی‌آید، شاید خبر ندارند که تا چه وقت می‌توانند چنین حسی را به پیرامون‌شان و به اطرافیان‌شان ببخشند، اما حتماً از موهبتی بهره می‌برند که تو نیز از آن، بسیار داری.

یادم نمی‌رود، ایستاده بودیم در میانه‌ی راه به خانه، برای خریدن نوشیدنی خنکی در روزی گرم، پیرزنی نشسته بر صندلی چرخدار، در این سوی پیشخوان بود، با شال بافته شده‌ای در دستانش که نگاه‌مان کرد و آرام شروع کرد به توضیح دادن درباره‌ی گوشه‌ی شکافته شده‌ای از آن شال و این که چه باید کرد برای ترمیم و اصلاحش؛ و عروسش که حرف‌هایش را به تمسخر گرفت و خندید و پسرش که با کمی تأثر، کلمه‌ی آلزایمر را بر زبان آورد؛ ولی من، محو حرف‌های پیرزن مانده بودم،

سرم را نزدیک برده بودم و با دقت گوش می‌دادم؛ انگارکه مشغول شرح دادن یکی از پیچیده‌ترین یا خاص‌ترین مسأله‌های عالم بود، یا مشغول تعریف کردن داستانی، از آنها که از شنیدنش سیر نمی‌شوی، مثل قصه‌های هزارویک‌شب، که با شوق منتظر می‌مانی تا به باقی حکایت گوش بسپاری؛ شمرده و با صبر، با تأکید و دقت فراوان، با احساس و ملایمت بسیار، با حسی مادرانه، همراه با حاصل عمری تجربه و زندگی. به‌گمانم، بسیار تصادفی یا اتفاقی، یکی از همان‌هایی را دیده بودم که گویا خودشان هم به یاد نمی‌آورند که دارند جلوه‌ای از عشق را، آرام و خونسرد و دقیق، باز می‌نمایانند یا بازمی‌گویند. عشق به همین سادگی و زیبایی و لطافت، خودش را در وجود آدم‌ها، از پس حرف‌ها و نگاه‌ها و رفتارهای آدم‌ها نشان می‌دهد و چه خوشبخت خواهی بود، اگر این عشق و این آدم‌ها را بیابی و دریابی. اگر در جایی این چنین عشقی را یافتی، بایدکه قدربدانی و غنیمت شماری و همین است که من، عشق به تو را، چنین گرامی می‌دارم و مغتنم می‌دانم.

تو، خواسته یا ناخواسته، هم عشق را می‌شناسی و هم چگونگی ابرازآن را و انگار، این برای عاشق شدن من، کافی بوده است. چه‌قدر احمقانه! این طور نیست؟ دست‌کم یکی از دلایلی که عشق را حماقت می‌دانند، همین است و من، اگر قرار است که یکی از احمق‌های بی‌نام و نشان عالم باشم، بگذارتا با عشق تو، این چنین شناخته شوم. چه خوب حس عاشق‌های آواره را می‌فهمم، چقدر حس نزدیک بودن به آنها را دارم. این حس دیوانگی عاشقانه، چه‌قدر درد دارد! اما همچنان، آن را به چیزی که عنوان و نام عشق دیوانه‌دار دارد، ترجیح می‌دهم. عشق دیوانه‌وار، تصاحب‌گراست، خودخواه و بی‌ملاحظه، تنها در فکر تصاحب معشوق است؛ عشق را همچون مسابقه‌ای می‌بیند مثل رقابت‌های معمول دیگر، به چیزی جز کسب کردن و به دست آوردن آنچه به عنوان هدف تعیین کرده است نمی‌اندیشد. معشوق برایش یک هدف است، مثل یک طعمه، یک شکار. شاید در آغاز، عشقی آتشین و جذاب به نظر برسد، شاید تلاش مصرانه و با سماجتش جالب توجه یا حتی از سوی معشوق،

به نوعی ستودنی باشد و نظرش را جلب کند. او را عاشق پایدار و هواخواه پر و پا قرص خود بداند و گمان ببرد که این استواری در راه و اصراری که حتی می‌تواند با مبارزه و مجاهدت و از خودگذشتگی هم همراه باشد، عشقی راستین و صادقانه است که باقی و بر جا خواهد ماند و دچار خلل و شکستگی و فرسودگی نخواهد شد. اما ادامه‌ی داستان، معمولاً تضمینی برای نرفتن در پی صیدی تازه‌تر و رقابتی دشوارتر نخواهد داشت. بعضی عشق‌ها این‌گونه است، مثل یک بازی کامپیوتری با مرحله‌های متوالی و سخت‌تر نسبت به قبلی، پشت سر هم، که هر چه پیش می‌روی، کنجکاوتر می‌شوی که در مرحله‌ی بعدی، چه چیزی در انتظار توست و چه راهی برای گشودن ادامه‌ی راه و غلبه بر آن داری. اما به‌گمان من، عشق فهمیدن می‌خواهد، نگاهداری و رسیدگی و پروردن و توجه و صبر می‌طلبد. سرِ مسابقه و رقابت ندارد، اگر ابراز عشقی هست، اگر حتی اصراری هست، برای بیان حقیقتی‌ست؛ برای گفتن از چگونگی عشق و دوست داشتنی که عاشق می‌خواهد از سوی معشوق، درک شود، فهمیده شود؛ اگر دانست و فهمید، نیمی از راه این عشق متقابل طی شده است و اگر شناخت و پاس داشت و گرامی داشت، نیم دیگر نیز، به همچنین. اصل این نکته، ساده و قابل درک است، آنچه پیچیدگی ایجاد می‌کند، سؤال‌ها، تضادها و توقع‌هاست. سؤال‌هایی که از خود داریم، تضادهایی که احساس می‌کنیم و توقع‌هایی که می‌پروریم یا پدیدار می‌شوند و تکلیف‌مان را با آنها نمی‌دانیم.

احساس من این است که در ماجرای عشق (اگر بتوان این عبارت را به کار برد)، سادگی‌ها مربوط به خود عشق است، ماهیتی همچون روح دارد، بی‌نیاز و سبک و لطیف است، ولی پیچیدگی‌ها، خصوصیاتی همانند جسم دارند؛ آسیب‌پذیر و تابع شرایط پیرامون، متأثر از فشارها و استرس‌ها و آشفتگی‌ها، در پی برطرف کردن نیازها. این است که عبارت‌هایی مثل گرسنگی و تشنگی و سیری، با همان عشق دیوانه‌واری نسبت و نزدیکی دارند که می‌تواند تبدیل به دلزدگی و امری ملال‌آور شود، می‌تواند دچار روزمرگی و رکود باشد یا شکلی تصنعی و نمایشی به خود بگیرد.

هر چند که هنوز هم هیچ چیز مطلق نیست. ولی آن که می‌تواند در کنار معشوق، روح عشق را لمس کند، بی‌گمان، زیباترین گوهر هستی و بهترین احساس عالم را دریافته است. همین است که این دیوانگی عاشقانه، چنین جاذبه‌ای را ایجاد می‌کند و چنین انگیزه‌ای را بر می‌انگیزد و چنین حرکتی را سبب می‌شود که برای لمس و دریافتن ذره‌ای از این احساس، حاضر می‌شوی از بسیاری چیزها بگذری و تن به همه‌ی دشواری‌ها بدهی، تا عشق برایت، همه چیز باشد.

شنیده‌ای که می‌گویند:

چه خوش آن قماربازی که بباخت هر چه بودش[۲]

بِنَماند هیچش الا، هوس قمار دیگر

و حالا، این دیوانه‌ای که همه‌ی آنچه را دار و ندار به حساب می‌آید، باخته و بر جای گذاشته است و به هوای داشتن عشق تو به راه افتاده است؛ برای دیدن تو دارد می‌آید، نه حتی برای داشتنت. برای دریافتن عشقت، برای ابراز احساسش، برای لحظه‌ای چشم دوختن در چشمانت، برای گرفتن دست‌هایت، برای ایستادن و از دور دیدنت، برای شنیدن کلمه‌ای، برای یافتن نشانه‌ای، برای گریستنی خاموش، برای چشم بستن و نفس کشیدن در هوای شهر تو، برای هر چه که از دیوانه‌ای سرگردان، در سرزمینی غریب انتظار می‌رود، برای تقدیم هدیه‌ای، نامه‌ای، با جمله‌ای که شاید معنای آن را ندانی و اگر دانستی، شاید مفهوم احساس نهفته در آن را درنیابی، اما چه اهمیت دارد، وقتی که همه‌ی عشق و احساس من، به این واسطه، نزد تو می‌رسد.

بی‌هیچ چشم‌داشت دیگری، به سوی شهر تو می‌آیم و هنوز هم نمی‌دانم که چرا این‌گونه بی‌قرار شده‌ام، با آن که عشق تو، برترین آرامش‌ها را می‌بخشد، مثل یک پیله‌ی گرم، فارغ از طوفان‌های پیرامون.

تو همچنان همان نوری، در انتهای تاریکی.

---

۲. این‌طور هم روایت شده است: «خُنُک آن قماربازی که بباخت آنچه بودش»

ششم • سرگین‌غلتان و سیزیف، پرومته و پیگمالیون و گلدان خالی •

فردا روز دیگری‌ست. این را از زمزمه‌ها و جنب و جوش تازه‌ای که در میان برخی مسافران افتاده است هم می‌شود فهمید. فردا، روز رسیدن به مقصد است. آنها که در تمام طول راه، سر به گریبان داشته‌اند و گاهی از سر بی‌حوصلگی، نگاهی به اطراف می‌انداخته‌اند، حالا امیدوارترند به رها شدن از وسیله‌ی سفر و پای گذاشتن در شهر و دیاری که آن را مقصد می‌نامند؛ حتی اگر قرار باشد دوباره از همین راه به جایی که از آن آمده‌اند، بازگردند. برایم جای سؤال است که رسیدن به مقصد، برای وسیله‌ای یا کسانی که همواره بین دو محل مشخص، در رفت و آمد مداوم هستند، چه مفهومی می‌تواند داشته باشد؟ مثل قایقی که دائم، دو سوی عرض رودخانه‌ای را طی می‌کند[1] یا قطاری که بین دو ایستگاه اصلی در رفت و آمد هر روزه است. برای چنین رفتن‌ها و آمدن‌هایی، پیوسته جای مبدأ و مقصد عوض می‌شود. همیشه

---

۱. مثل داستان شیطان و سه موی طلایی.

جایی که به سوی آن حرکت می‌کنند و در حال رسیدن به آن هستند، می‌شود مقصد و جایی که از آن آمده‌اند یا حرکت را در هر نوبت آغاز می‌کنند، می‌شود مبدأ. رفت و آمدی تکراری و مداوم. تکرارهایی که یادآور روزمرگی‌های ماست و من همیشه چه‌قدر از تکرارهای این چنینی، بیزار و گریزان بوده‌ام. اما انگار که آدمیزاد، اسیر تکرارهاست و بدتر از آن، اجبارهای چندش‌آوری که او را گرفتار در دورهای باطل می‌کند. خوب که نگاه می‌کنی، گویی که مفهوم تکرار در تمام نظام هستی جریان دارد. زمین همواره به‌گرد خورشید در حال حرکت است و هم‌زمان، بر محور خودش می‌چرخد. طبیعت، در فصل‌های مختلف، رنگ و چهره عوض می‌کند و معمولاً، اگر اتفاق بی‌نظیر و غیر منتظره‌ای رخ ندهد، می‌توان ویژگی‌هایش را در فصل‌ها و اوقات مختلف سال با مفاهیمی کلی و مشخص، شناخت و معرفی کرد.

تابستان گرم، زمستان سرد، پاییز برگ‌ریز و بارانی، بهار سرسبز و مفاهیم دیگری که یادآور موقعیت‌های زمانی خاص در طول سال و مرتبط با احساس‌ها و برداشت‌های گوناگون هستند. مثل طراوت بهاری، غم انگیزی پاییزی، برف زمستانی یا میوه‌ی تابستانی. اگر رویدادهای طبیعی تکرار نمی‌شدند، معناها و نشانه‌هایی این چنین ماندگار و قابل لمس ایجاد نمی‌کردند. موجودات نیز در این چرخه‌ی پیوسته، می‌آیند، روزگار می‌گذرانند و... می‌روند و این روال، آن‌چنان در طی سالیان سال جریان داشته و همراه با حافظه‌ی تاریخی بشر بوده است که می‌گویند هنگامی که وزیری قصد داشت خلاصه‌ی تاریخ جهان را از آغاز پیدایش بشر تا زمان خودشان، برای پادشاه محتضر[۲] بازگو کند، سر کنار گوش او برد و گفت: پادشاها! عده‌ای آمدند، رنج کشیدند و رفتند.

از این نگاه، همه چیز در عالم هستی، در حال تکراری بی‌فرجام یا شاید، بد سرانجام است. پس چیست که به بودن‌ها، آمدن‌ها و رفتن‌ها، رنگ زندگی می‌بخشد؟ چرا طبیعت با این نظم تکرارشونده‌ی چندین و چند میلیارد ساله‌اش، کمتر از روزمرگی‌های ما آدم‌ها و شهرهای‌مان خسته کننده است؟ همیشه کار

۲. محتضر: در حال مرگ.

موجودی مثل سرگین‌غلتان[۳] را نمود و سمبل واقعی روزمرگی و انجام پی در پی کاری بیهوده در روزها و اوقات عمر می‌دانستم، اما انگار حتی تفاوتی هست در کار او با مثلاً سرنوشت و پوچی و بی‌فایدگی زجرآور و تکراری ذکر شده در افسانه‌ی «سیزیف[۴]» که تلاش مداوم و هر روزه‌ی این موجود کوچک را، در مقام مقایسه، کمتر ملال‌آور و خسته‌کننده می‌نمایاند؛ به‌طوری که می‌توانی بنشینی و مدتی نسبتاً طولانی، سعی و تلاشش در حرکت دادن کُپه‌ی گلوله شده‌ی نه چندان خوشایندش را تماشا کنی و اغلب، احساس نکنی که حوصله‌ات از تماشای این کار، سر رفته است، یا دست‌کم در حالت معمول روحی و ذهنی، خیلی دیرتر به چنین حدی از احساس کسالت و خستگی برسی و حتی برعکس، شاید مشاهده‌ی آن را سرگرم کننده و جالب بیابی. مثل خوابیدن بر بستر سبز و لطیف یک دشت وسیع، در سایه‌سار درختی پربرگ و بار و خیره شدن به آسمان روز و دقیقه‌های طولانی، دیدن ابرهای سپید در زمینه‌ی آبی پاک آسمانی، یا انتظار عبور شهابی گذران با دنباله‌ی بلندی از نور، در شب‌های صاف و پرستاره. هرکدام اینها تبدیل می‌شوند به خاطره‌هایی که خیلی وقت‌ها، حسرت و انتظار تکرار شدن‌شان را می‌پرورانی و حاضری برای تجربه‌ی دوباره‌شان، هزینه‌ای گزاف بپردازی، در حالی که روزمرگی‌های زندگی در دنیایی که آن را متمدن می‌نامیم، به مانند صدای برهم خوردن دریچه یا پنجره‌ی زنگ زده‌ی کوچکی در بلندی اتاقکی تاریک، آن قدر آزاردهنده و ناگوار است که حتی از لحظه‌ای به یاد آوردنش نیز به شدت گریزانیم و واهمه داریم. چه چیز این دو حس را که در لمس اتفاقات تکرار شونده مشترک هستند، تا این حد از یکدیگر متمایز و متفاوت می‌کند؟

نمی‌دانم تا چه حد به این موضوع مربوط است، اما آدم‌ها از گذشته‌های دور، با ساختن مجسمه یا کشیدن نقاشی و بعدتر، با گرفتن عکس از درگذشتگان و مردگان، سعی در نگاه داشتن خاطره‌ای از رفتگان‌شان داشته‌اند و همواره تلاش بر این بوده

---

۳. حشره‌ای که اسم‌های متفاوتی دارد و جالب این که نسبتاً معروف و شناخته شده است، به‌ویژه در مصر باستان.
۴. Sisyphus ، همین که خلاصه‌ی داستانش را هم بدانی خوب است.

است که چهره‌ی متوفی را زنده و دارای روح تصویر کنند. حتی در عکس‌هایی که از اموات می‌گرفتند، گاه چشم‌ها را نقاشی می‌کردند تا آخرین یادگارهای‌شان، زنده به‌نظر برسد، در حالی که از کالبدی بدون روح، تصویری برداشته بودند. شاید مسأله‌ای که با آن مواجهیم یا دست‌کم بخشی از راز ماجرا، در همین نکته باشد که آدمی همواره در پی زنده جلوه دادن چیزهای بی‌جان است و از همین روی، به هر وسیله‌ای می‌کوشد تا رنگی از زندگی بر پیرامون خود یا دست‌آفریده‌های خود بزند، بی‌آن‌که بتواند روحی در آنها بدمد. در حالی که روح زندگی، به سادگی در همه‌ی اجزای طبیعت، جاری‌ست. طبیعت، یک کل به‌هم پیوسته است که مرگ ندارد[5] حتی اگر بخشی یا اجزایی از آن، رنگ مرگ و نیستی به خود بگیرند، باز به شکلی دیگر وارد چرخه‌ی طبیعت می‌شوند، آن‌چنان که گویی بی‌وقفه در حال دگرگون شدن از حالی و حالتی به حالی و شکلی دیگر هستند و مرگ، آن‌گونه که به آدم‌ها رخ می‌نمایاند، در طبیعت مجال خودنمایی نمی‌یابد، مگر این‌که دخالت نا به جای آدمی به کمکش بیاید تا شاید در طبیعت نیز پر رنگ‌تر جلوه کند.

می‌توان گفت، یکی از معدود جای‌هایی که آدمی توانسته است تا حدودی در اثر خلق شده‌ی خویش روحی بدمد و آن را زنده‌تر و ملموس‌تر و جذاب‌تر کند، عرصه‌ی هنر است، آن هم بیشتر، هنگامی که یک اثر با ناخودآگاه هنرمند پیوند نزدیک‌تری دارد، گویی که قصد و اراده و طرح‌ریزی منطقی (یا عقلانی) در این میان، چندان اثربخش و کارگر نیست و آنچه که اثر آفریده شده را زنده و با روح می‌سازد، برآمده از میان اعماق احساس و ژرفای دست نیافتنی یا دور از دسترسِ وجود است.

نمی‌دانم نام و حکایت پرومته و پیگمالیون را شنیده‌ای یا نه. اسطوره‌های دیروز برای نسل امروز، اغلب ناشناخته و حتی کسالت‌آور به‌شمار می‌آیند. داستان این دو در یک چیز مشترک است؛ هر دو می‌خواستند به آفریده‌ی خود جان ببخشند. یکی با دزدیدن آتش مقدس از خدایان، خواست تا چنین کند، که گرفتار عذابی دردآور و مکرر شد و دیگری، چنان به پیکره‌ای که خلق کرده

---

۵. البته منظورم از نظر زیست محیطی نیست، بیشتر از لحاظ مفهومی که با آن روبرو هستیم چنین می‌گویم.

بود عشق ورزید که خدایان را بر آن داشت تا به آن پیکره روح و جان اعطا کنند و پیگمالیون، با آفریده‌ی خود وصلت کرد[۶]. حس می‌کنم که این داستان، همواره در طول تاریخ به شکل‌های مختلف تکرار شده است و خاصیت اسطوره‌ها نیز همین است که به یک دوره یا مکان خاص تعلق ندارند، بلکه همواره حکایت مواجهه‌های آدمی با مسائل زندگیش را به شکلی جذاب و زیبا، روایت می‌کنند.

بشر، شیفته‌ی آفریدگان خود است. چگونگی این مسأله را در موجودات دیگر نمی‌توان به سادگی شرح داد و توصیف کرد، اما آن‌ها هم از فرزندان‌شان حمایت و محافظت می‌کنند، برای حفظ قلمروی خود می‌جنگند و در دفاع از لانه و آشیانه‌ی خویش، جدی و سرسخت‌اند. کسی چه می‌داند، شاید حتی گیاهان نیز نسبت به گل و شکوفه و برگ و میوه‌ی خود، احساس یا واکنش‌های مشابهی داشته باشند. اما درباره‌ی آدمی، چگونه می‌شود عشقی را که پرورده است، کسالت‌آور، تکراری یا منزجرکننده بیابد؟ آیا چنین چیزی ممکن است؟ و آیا چنین احساسی نسبت به عشق، به خود عشق، بروز و خودنمایی می‌کند یا پدیدار می‌شود؟ توضیحش بسیار دشوار است. مثال زدن در این باره هم، کار آسانی نیست. در داستان‌ها، از شاهزاده‌ای گفته‌اند که قصد انتخاب همسر از میان تعدادی از دختران شهر را داشت. شاهزاده به هر یک از ایشان، دانه‌هایی داد و (تا جایی که به یاد دارم) گفت که آن‌ها را با اشک چشمان‌شان آبیاری کنند و بعد از مدتی مشخص، گلدان‌هایی که دانه‌ها را در آن‌ها کاشته‌اند باز بیاورند تا بر اساس آنچه که پرورده‌اند، تصمیم‌گیری شود. موعد مقرر فرا رسید و دختران در نزد شاهزاده حاضر شدند، هر یک با گلدانی سبز و پر طراوت و برخی با گلدان‌هایی بسیار زیبا و خوش‌رنگ. شاهزاده گلدان‌ها را از نظر گذراند و به گلدانی رسید که خشک و خالی، بدون هیچ گیاه و جوانه‌ای آورده شده بود و دختر برگزیده‌ی وی، همانی بود که این تک گلدان متفاوت و بی‌برگ و بار را به همراه داشت، چرا که

---

۶. نمایشنامهٔ پیگمالیون اثر جورج برنارد شاو که داستان و فیلم My Fair Lady (بانوی زیبای من) براساس این نمایشنامه خلق شده‌اند.

دانه‌ها پخته شده و غیرقابل رویش بودند و این‌گونه، تنها فردی که صداقت را رعایت کرده و عشقی واقعی ورزیده بود، مشخص شد.

بی‌گمان، اگر بنا بود که پرورنده‌ی زیباترین و پر بارترین گیاه در این داستان معلوم شود، باز هم او بود که برگزیده می‌شد. او بود که بذر کوچک نهفته در خاک را چنان مراقبت می‌کرد و پرورش می‌داد که لطافت و رنگ و تجلی عشق در تک تک جوانه‌ها و برگ‌هایش پدیدار باشد. او بود که ذره ذره، روییدن و رشد کردن و بالیدن گیاه کوچکش را تماشا می‌کرد و آن را از گزند آفت‌ها و آسیب‌های گوناگون دور نگاه می‌داشت تا همیشه آن را در باشکوه‌ترین و کامل‌ترین حالت ممکن، حفظ کند، حتی اگر این باشکوه‌ترین حالت ممکن، همان گلدان خشکی باشد که با قطره‌های کوچک اشک، آبیاری شده است. مهم این است که عشق، گرامی داشته شده و رشد و رویش یافته است. این همان ارزشی‌ست که نگاه به همه چیز را تغییر می‌دهد، تکرارها را حرکتی رو به رشد و بالنده می‌یابد و خاک را کیمیا می‌کند و این خاک می‌تواند همانی باشد که آدم از آن آفریده شد[۷].

همین است که عشق را این چنین جذاب و خواستنی می‌کند و این باور را پدید می‌آورد که عشق همچون روحی جاری‌ست که به پیرامون و وابستگان خود، معنا می‌بخشد و آنها را به یکدیگر پیوند می‌دهد. این عشق، همان چیزی‌ست که در طبیعت و زندگی نیز جریان دارد و رکود و تکرار ملالت‌بار را نمی‌پذیرد. پس چرا آدم‌ها گاهی از عشق خسته می‌شوند؟ یا نه، از عاشق بودن خسته می‌شوند. فکر کنم که نکته در همین جاست. آدم‌ها عادت کرده‌اند به این که عشق را به وجودی دیگر وابسته سازند. در عالمی که ما در آن به سر می‌بریم، این وجود دیگر، معمولاً جسمی مادی و دارای ویژگی‌های ملموس فیزیکی‌ست. مثل این که بذری را در گلدانی بکاری و بعد، عاشق آن گلدان شوی، یا حتی، عاشق گیاهی که از آن بذر می‌روید شوی. چه‌طور بگویم؟ توصیفش سخت است. چیزی که قابل دیدن و دریافت مستقیم با حواس انسانی و فیزیولوژیکی‌ست. در حالی که عشق، قاب و

---

۷. کتاب هبوط در کویر، صفحات ابتدایی.

قالب نمی‌پذیرد، سیال و جاری‌ست و انگارکه درکالبدهای گوناگون حلول می‌کند.

آدمی عادت دارد که عشق را با حواس جسمانی خود لمس کند. این اصلاً ناخوشایند یا به طورکلی، بد، نیست. اتفاقاً درک و توان و قابلیت لمس عشق (شاید) هنروالایی‌ست. اغراق نیست اگر بگوییم که لمس کردن عشق، از زیباترین و برترین احساس‌هاست. عشق اگر چه با جسمیت و ملموس بودن مادی، مفهوم اصلی خود را به دست نمی‌آورد، اما با جاری شدن در وجود معشوق، واسطه‌ای می‌یابد که سبب می‌شود قابل لمس و احساس با حواس جسمانی باشد. اگر وجودی که عشق را در آن لمس و احساس کرده‌ای، روزی حس تهی بودن از عشق را بدهد، شاید آرام آرام یا شاید هم به ناگهان، احساس ملالت و دلزدگی نمایی و چیزی جز تکرار و رکود را لمس نکنی. چراکه آنچه وجود معشوق را از تکراری بودن و بی‌احساس بودن دور نگاه می‌دارد، همانا عشق است و چه دشوار است، چه دشوار است، عشق را در وجودی که از آن تهی شده است، دوباره دمیدن.

و از آن سخت‌تر، این که خودت را در برابرکالبدی بیابی که به آن عشق می‌ورزیدی، دوستش می‌داشتی، عشق را در همه‌ی وجودش، حرکاتش، نگاهش، کلامش، احساس می‌کردی، با همه‌ی حواست لمس می‌کردی و حالا هر چه می‌گردی، آنچه را باید باشد نمی‌یابی، پیدا نمی‌کنی و شاید آن‌قدر بگردی و نیابی که... ناامید شوی. گیاهی که عاشقانه دوست می‌داشتی، آنچه که با مراقبت و صبر و شوق پرورده بودی، ذره ذره شاهد روییدن و بالیدنش بودی را، ناگاه خشکیده و بی‌ثمر می‌بینی و کاری برای بازگرداندنش از پیش نمی‌بری. این عشق نیست که از آن امید بریده‌ای، تو عاشق وجودی بودی که به حکم ویژگی‌ها و طبیعتش، محکوم تکرارها بوده است، بی‌تکرارها زنده نمی‌مانده است و تو توانسته بودی عشق را در آن احساس و پیداکنی و بالاتر از آن، عشق را در آن جاری سازی و به آن زندگی و جاودانگی ببخشی و حالا، اگر این کالبد را تهی و ملال‌آور و خشک و بی‌زندگی یافته‌ای، اگر علامتی از عشق و طراوت و شوق و تازگی را دیگر در آن نمی‌بینی، تقصیر

از عشق نیست که او را، یا شاید تو را، یا هر دوی شما را، ترک کرده است.

چه قدر توضیح دادن این ماجرا سخت است. همین قدر می‌دانم که اگر عشق را در وجود خودت نگاه داشته باشی، خواهی توانست راهی بیابی، واقعاً نمی‌دانم که چگونه و با چه واژه‌ای توصیفش کنم؛ اما با خودت کنار بیایی، تکلیفت را با خودت معلوم کنی، سرخورده نشوی، احساس شکست نکنی، دل‌زده نباشی. می‌دانم که احساس‌ها گاهی بسیار پیچیده‌تر از آن هستند که تصور می‌کنیم، اما به این باور دارم که اگر در مواجهه با چنین مسأله‌ای، عشق را مقصر ندانی و چنان چه آن را در وجود معشوق نیافتی، در وجود خودت پیدایش کنی، حتماً خواهی توانست، واکنشی درست داشته باشی. آدم‌ها موجودات غریبی هستند. آدم‌ها می‌توانند خودشان را از داشتن عشق محروم کنند و بلافاصله، قیافه‌ی حق به جانب و معقول و منطقی به خود بگیرند و پی تقصیرکار بگردند و دیگری یا دیگران را مقصر بشمارند، آدم‌ها می‌توانند حتی بی‌عشق، تبدیل به جسم‌های مرده‌ی متحرکی شوند که خیلی راحت و شیک و با اعتماد به نفس، امورات روزمره را بگذرانند و آن قدر غرق در این روزمرگی‌ها شوند که گویی هیچ وقت در بهتر از این حال و روز نبوده‌اند.

در یک کلام، آدم‌ها بی عشق می‌توانند (در ظاهر) زنده بمانند، اما نمی‌توانند زندگی کنند. آن که موهبت زندگی بی‌تکرار و جاری و بالنده را با طعم و نیروی عشق دریافته است، تن به این گونه زنده بودنی که اتفاقاً برای خیلی‌ها عادی و منطقی هم هست، نمی‌دهد. اگر بدانی، اگر به این باور برسی که عشق، بسته و وابسته‌ی دانه‌ای که در گلدانت کاشته‌ای نیست، از نروییدن جوانه‌ها برآشفته نخواهی شد. عشق، اطمینان‌بخش و راهنما خواهد بود، اگر باوری همیشگی را به همراه داشته باشد، اگر چه یافتن چنین باوری، از سخت‌ترین کارهای دنیاست.

هفتم • گوی بلورین جادویی •

پشت پنجره‌ی اتاقت، چراغی روشن کن، من در شهر تو غریبم. آیا تا به حال از چشم‌های یک غریبه، به شهرت نگریسته‌ای؟ کار آسانی نیست، آیا از نقطه‌ای مرتفع به ساختمان‌ها و خیابان‌هایش همراه با این احساس نگاه کرده‌ای که در این حجم وسیع و انبوه، احتمالاً هیچ دری از سر مهر و صمیمیت به روی تو گشوده نیست و هیچ سرپناهی، بی‌چشمداشت، مأمنی برای آسودن تو نمی‌شود. وقتی خسته وگرسنه، سر بر دیواری گذاشته‌ای و چیزی جز مرور بیچارگی و درماندگی از ذهنت نمی‌گذرد، هیچ‌کس نمی‌آید تا تکه‌ای نان یا خوراکی ساده را تعارفت کند و یا از سر محبت، در خوردن لقمه‌ای کوچک با تو شریک شود. هیچ‌کس تو را از سر دوستی صدا نمی‌زند یا به گپی دوستانه فرا نمی‌خواند و تو در همه‌ی نگاه‌ها غریبه‌ای. مردم از غریبه‌ها گریزانند، از آنها دوری می‌جویند، یا در بهترین حالت، اهمیتی به حضور

و وجود ایشان نمی‌دهند. این روزها گویی کسی به غریبه‌ها عشق نمی‌بخشد. من در شهر تو غریبه‌ام جانا، بگذار تا دست‌کم در قلب تو یا لااقل در چشمان تو، آشنا باشم. مرا به خاطر بیاور، باورکن که به شکرانه‌ی این یادآوری، جان خواهم داد. من همانم که در پی دیدن دوستی آمده بودم اما در اوج نا امیدی، فرشته‌ای یافتم و همین را برایت در صفحه‌ی آغازین کتابی نوشتم که هنگام گرفتنش از دستان من، گونه‌هایت به سرخی گروید و من از عشق آن گونه‌ها و آن چشم‌ها، بیچاره شدم، بیچاره شدم. اگر خودخواه بودم، می‌گفتم که تو به من مدیونی، بابت عشقی که از پس سال‌ها غبار و خاکستر سرد، به‌واسطه‌ی نگاه تو، دوباره گُرگرفت و برافروخت و سُرخی‌اش در گونه‌های تو نشست و حرارتش در قلب من، به من مدیونی، چراکه عشقی را در وجود من برانگیخته‌ای که مرا تا خاک سرزمین تو راهنمایی کرده است و من، اکنون درنزدیکی توام، من به هوای تو آمده‌ام.

اما نه، هیچ منتی (از جانب من) بر تو نیست، که عشق تو، انتخاب من است و انتخاب من، آزادی تو از همه‌ی قیدها و وابستگی‌هاست. من داشتم در شهری که مرا غریبه می‌پنداشت، بی‌هدف و سردرگم، می‌گشتم، تا شاید آنچه که مرا به بودن درآنجا دلگرم می‌کرد بیابم، یا شاید بهانه‌ای پیداکنم برای راهی که طی کرده بودم، برای تجربه کردن دشواری‌های سفر. بی‌گمان موجود پر توقعی هستم، اگر نمی‌توانم لذت‌های پیرامونم را از چشم‌هایم در وجودم جاری کنم و درگوشه‌ای امن ذخیره سازم و به یادآوری‌شان دل‌خوش باشم، بلکه بتوانم در جای دیگری از دنیا، طعم‌های تازه‌ای بچشم یا خاطرات خوش متنوع و رضایت بخشی را درگوشه‌ای از ذهن خویش بیندوزم. باورکن که من، ناتوان از درک لذت درلحظه زیستن نیستم، اما شاید برای لحظه‌هایی که درک و دریافت می‌کنم، ارزش‌های متفاوتی قائلم.

من، ارزش لحظه‌ای بودن با تو را، با هیچ چیز مقایسه نمی‌توانم کرد و می‌دانم که این از نگاه بسیاری از دیگران، دیوانگی محض است و آری، آری، انگار باور دارم که عشق، جز دیوانگی محض نیست و اگر چنین می‌پندارند، من جمیع همه‌ی

دیوانگی‌های عالمم. لحظه‌ای درک عاشقانه‌ی حضور تو، معادل زیستن به اندازه‌ی همه‌ی زندگی‌های تجربه شده تا کنون است و من همانم، همانم که هزار هزار بار پراکنده می‌شوم و هر بار، هر ذره از وجودم، پی نشانی تو می‌گردد تا با پیوند یافتن با تو، دوباره جمع شود و جان بگیرد و عشق بورزد و تو را بی‌ذره‌ای چشم‌داشت، بی کوچک‌ترین منت و توقعی، دوست بدارد و تو را در هر کالبدی که باشی، بشناسد و بستاید.

می‌بینی که برای من، چگونه همه چیز در تو خلاصه می‌شود و تو تبدیل می‌شوی به همه‌ی خواستن‌های من که اگر جز این باشد، تمام تلاش‌ها و به جان خریدن سختی‌ها و تحمل ملالت‌ها و ملامت‌ها، برای یافتن و درک حضور تو، بی‌معنا خواهد بود. کیست که عشق را این‌گونه بشناسد و باور بدارد؟ عشق همین است، نه تقسیم‌بندی زمینی و آسمانی دارد و نه در قالب‌هایی به نام مادی و معنوی می‌گنجد. آنچه متفاوت است، درک و رویکرد آدم‌ها به عشق است و این نکته، هیچ تقصیر و پراکندگی و گونه‌گونی‌ای را بر آن تحمیل نمی‌کند. این ماییم که به اسم گذاشتن و قالب ساختن عادت کرده‌ایم و ماییم که در فریفتن خویشتن، گوی سبقت را از همه‌ی موجودات ربوده‌ایم. ما کلمات را ساختیم، واژه‌ها را خلق کردیم، کلام را آفریدیم، عبارت‌ها را ابداع کردیم و به کمک اینها، خودمان را و دیگران را فریب دادیم ولی یک لحظه‌ی خاص، یک موقعیت ویژه و بی‌بدیل، باقی مانده است که از آلوده شدن به فریب کلام و کلمات، مصون و در امان بوده است؛ و آن همان است که در اوج احساس عاشقانه، در لحظه‌ی دیدار و رویارویی عاشق و معشوق، اتفاق می‌افتد: سکوت.

چه اتفاق دلنشین و مبارکی‌ست. چه نشانه‌ی پرمفهوم و عمیقی‌ست. چه راز نهفته‌ی خوشایندی‌ست. مثل همان وقت‌هایی که من روشنایی پنجره‌ی خانه‌ی تو را می‌بینم و از بودنت دلگرمی می‌یابم. همان زمان‌هایی که عبور خاموش تو، نگاه عمیق تو، لبخند بی‌نظیر تو، حس بی‌انتهای دوست داشتن را بر می‌انگیزد و

وجود و حضور تو را، بهترین و زیباترین اتفاق همه‌ی هستی می‌یابد و می‌شناسد و سکوت، آرام آرام، مرا می‌فرساید و ناپدید می‌کند، شاید بی‌آن که لحظه‌ای از ذهن تو عبور کنم یا حتی بخشی از رویاهای عالم خواب تو باشم. آیا این بی‌عدالتی نیست؟

آیا من این حق را ندارم که گوشه‌ی کوچکی از خاطر و ذهن تو باشم؟ کسی که دوستت می‌دارد، کسی که بی‌اندازه دوستت می‌دارد و جز دوست داشتنت، چیز دیگری نمی‌خواهد. اما چرا؛ بی‌گمان می‌خواهد که حضور تو را لمس کند، می‌خواهد که پیش روی تو بنشیند و در سکوت سنگینی که تنها برهم زننده‌اش، صدای ضعیف سوختن شمعی کوچک است، شرمسارانه نگاهت کند، لبخندت را ببیند، لبخند بزند، از سر شوق اشک بریزد و اعتراف کند که، تا چه حد کلمات و واژه‌ها، در وصف آن لحظه، ناتوانند. می‌خواهد که معجزه‌ی عشق را در همان هنگام دریابد، که چگونه همه چیز را دگرگون می‌کند و هر اتفاق خوشایندی را ممکن می‌سازد؛ که چگونه یک به یک، درهای نامرئی دنیایی دیگر را به روی عاشق و معشوق می‌گشاید، دنیایی که همه چیز در آن، زیبا و بی‌نظیر است، دنیایی که همه‌ی آرزوهای خوب در آن تجسم می‌یابند و برآورده می‌شوند.

شاید همچون نگریستن در گوی بلورین جادویی کوچکی که از عوالم غیب، از گذشته و آینده، خبر می‌دهد. زمان و مکان در این گوی‌های کوچک، مفهوم معمول خود را از دست می‌دهند و تو را با خود به آنجا و آن زمانی که اراده کنی یا در ناخودآگاهت در پی آن باشی می‌برند و لذت بخش‌ترین و ناب‌ترین احساس در چنین موقعیتی، این است که تو از همه‌ی محدودیت‌ها رها می‌شوی و گرچه به نظر می‌رسد که غرق در خیال گشته‌ای، اما خودت، هرگز حس نمی‌کنی که به خیال پروری مشغولی، بلکه خود را به حقیقت، در زیباترین و سبک‌ترین و دوست داشتنی‌ترین شرایطی که حتی از مرزهای تصورت نیز خارج است، پیدا می‌کنی و درمی‌یابی. با معشوق، به خوب‌ترین و وصف ناشدنی‌ترین جای‌های هستی سفر می‌کنی، از فراز دشت و جنگل و دریا می‌گذری، در حس پای گذاشتن بر ماسه‌های

نرم ساحل وگرمی امواج اقیانوس، غرق می‌شوی، درکنارآتش ملایم خوشرنگی که درکلبه‌ای زیبا و پنهان شده در انبوه گیاهان و درختان بلند، افروخته شده است، آرام می‌یابی، از فراز بلندترین و با عظمت‌ترین کوه‌ها و قله‌های پوشیده از برف پاک و سپید می‌گذری، از کوچه‌های سنگفرش شده و از میان دیوارهای سنگی و پنجره‌های چوبی و شیشه‌های الوان خانه‌های با صفایی که گل‌های باغچه‌های‌شان از روی دیوارها سرک کشیده‌اند و عطر خود را درگذرها پراکنده‌اند، عبور می‌کنی، به کشف دست نخورده‌ترین و بکرترین منظره‌ها و چشم‌اندازها می‌پردازی و همه‌ی اینها به لطف حضور یا تصویر معشوق و احساس‌های عاشقانه، امکان پذیر می‌شود.

هر عاشق راستینی، گوی بلورین جادویی کوچکی دارد تا خاطر خود را با تصاویر خیالی و اعجاب برانگیزآن، با یادآوری معشوق و خاطرات و خوبی‌هایش از طریق آن، اندکی آسوده سازد و امید را در دل خود زنده نگاه دارد. امید به بودن، به زیستن، به وصال... آدمی، بی‌امید هیچ نیست؛ حجم خالی بی فایده‌ای‌ست که به هیچ کار نمی‌آید و انگارکه جز زحمت و دردسر نمی‌افزاید. رویاهای عاشقانه، می‌توانند با گشودن پنجره‌ای کوچک به ماورای واقعیت‌های درد آور زندگی روزمره، نوری (هر چند ضعیف) از امید را، در جان خسته‌ی عاشق بتابانند و به زندگی، به زنده بودن، معنا و مفهوم دیگری ببخشند. بارها پیش آمده که من نیز، به همین شیوه، از همین راه، امید به بودن و ادامه دادن را در خود زنده نگاه داشته‌ام. اما می‌دانی به چه می‌اندیشم؟ فهرست خوشی‌های آدم‌ها، اگر چه گوناگون و رنگارنگ است، اما بستگی زیادی به دنیای پیرامون‌شان دارد، به آنچه که بیرون از وجود خودشان است. خاطره‌ها و احساس‌های خوشایند، پیوند نزدیکی با جای‌ها و شیء‌ها دارند. ما برای هر چیزی به دنبال ظرفی می‌گردیم، ظرفی برای خاطرات‌مان، ظرفی برای دل خوشی‌های‌مان و ظرفی برای عشق‌مان و با دگرگون شدن این ظرف‌ها، غمگین می‌شویم، آسیب می‌بینیم و آشفتگی و نگرانی در وجودمان رخنه می‌کند. نکته‌ی کوچکی که هست، این است که معمولاً

ظرف خاطره‌ها و دل‌خوشی‌ها، انتخاب خود ماست، گاه با وسواس فراوان و گاه از سر تفنن و سرخوش بودن، گوشه‌ای را، خانه‌ای، منظره‌ای، وسیله‌ای، تصویری، قاب عکسی، گلدانی یا زیور آلاتی را، هر آنچه که بتواند یادآوری‌ها و لذت‌های کوچکی را در خود جای دهد، بر می‌گزینیم تا مرهم دلتنگی‌ها، افسردگی‌ها، خستگی‌ها یا تنهایی‌های‌مان باشد؛ اما عشق، پیش از این‌که به انتخاب ما نگاه کند، خود، جایگاهش را بر می‌گزیند و ما را زیرکانه به بازی دشوار و پیچیده‌ای فرا می‌خواند برای یافتن جایگاهش، مخفیگاهش؛ و عجیب است که این بازی، گاهی به اندازه‌ی یک عمر به طول می‌انجامد و گاه نیز که پیدایش می‌کنی، ناچاری که بایستی و از دور نظاره‌گرش باشی، ببینی که چگونه شوخ و بی‌مبالات، طنازی می‌کند تا هر چه بیشتر آتش به جانت بیندازد، گویی که سخت از عذاب دادنت سر ذوق می‌آید و تو، خیلی از اوقات، مثل یک موجود بی‌دست و پا، مات و گنگ و بی‌عمل، نگاه می‌کنی، درد می‌کشی و دم بر نمی‌آوری. چه بسیار آدم‌ها که به همین دلیل از عشق گریزان می‌شوند یا حتی نسبت به آن، ابراز تنفر می‌کنند. آدم‌ها بیش از هر زمان دیگری کم طاقت شده‌اند، به قول قدیمی‌ترهای ما، زمانه عوض شده است. و زمانه، همیشه در نظر آدم‌ها عوض می‌شده است، اما گویی چند ده سالی‌ست که عوض شدنش سرعت گرفته و صبر، دُردانه‌ی کمیابی شده است که عده‌ی بسیاری، دیگر آن را نمی‌شناسند. همه در حال دویدنند، عبور می‌کنند و نمی‌بینند، به طرزی جنون‌آمیز و بی هدف، سعی می‌کنند که سبقت بگیرند و عقده‌های پیدا و پنهانشان را در ابراز خشم و نفرت، به سوی دیگران پرتاب می‌کنند. روایت بی‌شماری از آدم‌های امروز، شده است همین دویدن، برای رسیدن، به هیچ! و بدیهی‌ست که چنین حرکت‌های شتاب‌زده‌ای، توان تشخیص و درک و دریافت و شناخت را ندارد، چه رسد به پیداکردن عشق.

عشق اما برای من، در لحظه‌های صبر و صبوری تعریف می‌شود. من آموخته‌ام که با لحظه لحظه‌ی معشوق زندگی کنم، یادگرفته‌ام که با روشنایی پنجره‌ی تو،

گرم و غرق همه‌ی احساس‌های لطیف شوم، بودن تو را خوب‌ترین خبر عالم بدانم و آرزوهایم را یک به یک با قاصدک‌های سبکبال، برای خاطر تو روانه کنم و بابت داشتن عشق تو، سپاسگزار باشم، حتی زمانی که میان دست‌ها و چشم‌های ما، فاصله‌ها و مانع‌ها، همچنان سخت و آزار دهنده، باقی باشند. صبر، از تلخ‌ترین داروهای عالم است، گاهی فکر می‌کنی که هم‌دستی و رفاقتی پنهانی با ناآرامی و بی‌قراری دارد. همچون عشق که گاه سر به هوا و بی‌مبالات، تو را رها می‌کند و تنها می‌گذارد، صبر نیز به همین شیوه، گاه از وجودت رخت بر می‌بندد و می‌گریزد، بی‌صدا و بی‌خبر، طوری که شاید اصلاً متوجه حضور نداشتنش نباشی، اما همین که محتاجش می‌شوی، همین که صدایش می‌زنی، همین که بر در اتاقش می‌کوبی، ناگاه نبودنش را احساس می‌کنی، طاقتت را از دست می‌دهی، دیوانه می‌شوی، تصمیم‌های دیوانه‌وار می‌گیری، کارهای جنون‌آمیز انجام می‌دهی، خودت را و دیگران را می‌آزاری و تا بازنگردد، قرار نمی‌یابی. داروی تلخ بی‌وفای گریزان را، همراه با اشک‌هایت فرو می‌دهی و خود را خسته و بیچاره احساس می‌کنی. از این که باید به جای شور و شعف و لذت و آرامش حاصل از وصال، تلخی دوری و تنهایی و درماندگی را بچشی، گاه دیوانه‌وار، خشم را جایگزین محبت و دوست داشتن؛ و نفرت را جانشین عشق می‌کنی و به روح خسته و ناامیدت اجازه می‌دهی که چون اسب سرکش رم کرده‌ای، بی‌تعقل و بی‌تفکر، عصبانی و بی‌منطق، هر چه در پیرامونش هست را در هم بکوبد و اگر امکانش را بیابد، سر به ناکجاآباد بگذارد و آنچه را بر سر راهش هست لگدکوب کند و برود، تا شاید خشم و عصیانش از این راه، اندکی فروکش کند و قدری آرام بگیرد؛ اما تجربه نشان داده است که آدمی راگریزی از خود نیست، آدمی ناگزیر است که با دردهایش، با علت خشم‌هایش، با زخم‌ها و آسیب‌های روح و روانش، کنار بیاید چرا که اگر خوب نگاه کند، منشأ آنها را درون خود خواهد یافت و دریافتن این نکته، اغلب منجر به سرخوردگی و یأس و بیچارگی می‌شود. آیا دیده‌ای که بسیاری از اوقات، سرانجام خشم‌های شدید، اندوه یا اشک است؟ دلیلش همین

است. همین بلاتکلیفی‌ای که آدم از تقابل با درون خویش احساس می‌کند و راهی و چاره‌ای برای درمانش نمی‌یابد و عشق، عشق راستین، بی شک مرهمی است بر همه‌ی این دردها و افسردگی‌ها و خشم‌ها و اندوه‌ها.

عشق، پرستار مهربانی است، نشسته در کنار بیمار خسته‌ای که تکلیف خود را با زندگی نمی‌داند. نه این که نمی‌داند، بلکه زندگی را با حساب و کتاب رایج دیگران نمی‌سنجد. آن که نفس‌هایش به شماره می‌افتد، آن که درد در وجودش زبانه می‌کشد، آن که در گرمای تب می‌سوزد، آن که از التهاب می‌گدازد، خوب می‌داند که لحظه‌های زندگی، از چه ارزش ناب و بی‌نظیری برخوردار است، چه تجربه‌ی شگرف و بی‌همتایی‌ست، خاصه آن که پرستاری همچون عشق، بر بالینت حاضر باشد. و این تجربه‌ی بی‌بدیل، هر اتفاق معمولی و هر لحظه‌ی گذران را، جاودانه می‌کند.

پدرم، دست من را در فاصله‌ای کوتاه تا لحظه‌ی ورود به آسانسور بیمارستان، محکم در دستانش گرفت، آن هم تنها ساعتی پیش از مرگش و این گونه، اتفاقی را برایم جاودانه کرد که اگر چه همیشه در حسرت تکرار نشدنش خواهم ماند، اما با یادآوریش، همواره نوری در قلبم می‌درخشد که شک ندارم، سرچشمه‌اش از عشق یک پدر به فرزندش است و این، به من آرامش می‌بخشد و در میان اشک‌هایم، لبخندی پدید می‌آورد. و اگر منشأ همه‌ی اینها از عشق نیست، چه چیز دیگری می‌تواند باشد؟

هر شب، هزاران هزار چراغ در این شهر، افروخته می‌شود. هر شب از هزاران هزار پنجره‌ی این شهر، روشنایی و نور می‌تابد، هر شب، این شهر همچون نگینی پر تلألو می‌درخشد، اما برای من، نور، زندگی و عشق، در یک پنجره خلاصه می‌شود، پنجره‌ای که هر بار روشن بودنش، اتفاق بی‌نظیر یگانه‌ای‌ست که بی‌تکرار، به دور از رویدادهای جاری و معمول روزمره‌گی‌های رایج، برای من جاودانه می‌شود. پس، پشت پنجره‌ی اتاقت چراغی روشن کن. من، با نوری که از خانه‌ی تو می‌تابد، دلگرم می‌شوم، من با پنجره‌ی روشن خانه‌ی تو، احساس آشنایی عجیبی دارم، آن قدر که دیگر، احساس غربت نمی‌کنم، جانا... .

هشتم ● طناب و چاقویی مردد ●

داشتم به موسیقی زیبایی گوش می‌دادم، خواستم که تو نیز آن را بشنوی! امروز منظره‌ای دلنشین را دیدم و به یاد تو افتادم. شاید این روزها کمتر پیش بیاید که چنین جمله‌هایی را به یکدیگر بگوییم. خیلی وقت‌ها درگفتن جمله‌های محبت‌آمیز و از سر عشق به دوستان یا نزدیکان‌مان تردید می‌کنیم. نکته‌ها و شایدها، پُررنگ‌تر از همیشه، پیش از ابراز محبت‌ها می‌نشینند و ما را ازگفتن آنچه احساس می‌کنیم و در دل داریم، باز می‌دارند. از طرف دیگر، بعضی‌ها به راحتی و سادگی، جمله‌ها و عبارت‌های عاشقانه را حراج می‌کنند، کافی‌ست فرصتی به دست بیاورند تا انبوهی از لفاظی‌های به ظاهر محبت‌آمیز را به سوی طرف مقابل‌شان سرازیرکنند و چاپلوسانه در صدد جلب توجه برآیند. تشخیص چنین حرف‌ها و مرزهایی از یکدیگر، کار ساده‌ای نیست و سادگی، معمولاً طعمه‌ی مناسبی

برای فریبکاران است. همین است که ابراز عشق از سر صداقت و راستی را دشوارتر کرده است. عشق با سکوت همنشین‌تر است، با حجب و آزرم همراه‌تر است، از ادا و نمایش و اطوار، دورتر است، اما هیچ کلاس و استاد و مکتب و دانشگاهی، درس عشق‌شناسی نمی‌دهد. واحد تشخیص عشق از چاپلوسی و فریبکاری و زبان‌بازی، در جایی تدریس و ارائه نمی‌شود، هر چند که متخصصان فن ابراز عشق هم اندک نیستند. پرسش من این است که تا چه حد نیازمند دانستن ویژگی‌ها، نشانه‌ها، بروز و نمودها، یا مرزها و تفاوت‌ها درباره‌ی عشق هستیم؟ و البته هر بار، به این نتیجه رسیده‌ام که گرفتار شدن در این سئوال‌ها، سر درگمی و دور افتادن بیشتری از احساس‌های عاشقانه را نصیب آدم می‌کند. گویی که درک عشق، هنگامی که قصد سنجیدنش را با پرسش‌هایی از این دست داری، دشوارتر، پیچیده‌تر و تردیدآمیزتر می‌شود. شاید بهترین کار این باشد که هر شخص، براساس دریافت‌ها و تجربه‌های خود، احساس‌های عاشقانه را دریابد و اگر توانست، آنها را کم و بیش با دیگران به اشتراک بگذارد. به گمانم که شاعران، نویسنده‌ها، هنرمندان و مخترعان، در آثارشان؛ مسافران در سفرنامه‌های‌شان، سربازان و اسیران در نامه‌های‌شان و خیلی از آدم‌ها، در حرف‌های‌شان و واکنش‌ها و رفتارها و حرکت‌های‌شان، اینها را گفته‌اند. شاید بهتر است که سر از گریبان تردید و پرسش و سنجش برآوریم و جهان عاشقانه را بنگریم، دریابیم و بشناسیم. جهانی تشکیل یافته از احساس‌ها، حرف‌ها، نشانه‌ها، عاشق‌ها و معشوق‌ها؛ جهانی که عشق، مثل هوایی که تنفس می‌کنیم در آن حضور و جریان دارد و وجودش را در هر دم و بازدم، عمیق و نزدیک، احساس می‌کنیم.

موجودات، پدیده‌ها و آدم‌ها، با استفاده از نشانه‌ها حرف‌های‌شان را می‌زنند، احساس‌های‌شان را بیان می‌کنند و بروز می‌دهند و با سایرین ارتباط برقرار می‌کنند. مرزهای شناخت ما از نشانه‌های مربوط به موجودات و پدیده‌های دیگر، هنوز هم بسیار محدود است، اگر چه مطالعه‌های زیادی در این باره انجام شده است. حرکات و صداهای ایجاد شده بوسیله‌ی حیوانات، رفتارهای گروهی و

انفرادی گونه‌های مختلف جانوران، تغییر ظاهر گیاهان، همه و همه، نشانه‌هایی از همین دست به‌شمار می‌آیند. آدم‌ها هم از نشانه‌های گوناگونی برای بیان احساسات و برقراری ارتباط استفاده می‌کنند، فقط شاید تفاوت‌شان با دیگر موجودات، در نوع کاربرد نشانه‌ها، ساختارشکنی در استفاده از آن‌ها و تنوع فرهنگی و جغرافیایی معمول در میان انسان‌ها باشد که در مفهوم یافتن یا چگونگی درک و فهمیدن نشانه‌ها، تأثیرگذار هستند.

دانستن زبان نشانه‌ها، تا وقتی که در قالب قراردادها، نمادهای معمول و مفاهیم کم و بیش مشترک، بیان و پدیدار می‌شوند، چندان دشوار نیست. اگر چه همیشه، امکان پیش آمدن سوءتفاهم‌ها وجود دارد و آنچه که می‌تواند از اثر سوءتفاهم‌ها بکاهد و درک و تعامل متقابل را تقویت کند، وسعت بخشیدن به نگاه و اندیشه و آگاهی و تحمل است. اما نشانه‌های عشق، داستان دیگری دارد. بیان کردن عشق، عشق بی‌پیرایه و راستین، عشقی که از عمق احساس آدمی می‌جوشد و منشأ می‌یابد، به‌راستی دشوار است. و در مقابل، درک و دریافت آن، شاید دشوارتر هم باشد. برای همین است که امکان پیدا شدن سوءتفاهم‌ها یا برداشت‌های غیر منطبق بر حقیقت، در چنین شرایط و موقعیت‌هایی، زیاد است. گمان می‌کنم یکی از دلایلش، در نوع نگاه آدم‌ها به عشق ورزیدن و قائل شدن هدفی قطعی و حتمی برای آن باشد. نمی‌توانم به یقین بگویم که کدام دلیل و عامل، سبب شده است که چیزی به عنوان وصال یا به هم رسیدن عاشق و معشوق، به عنوان هدف اصلی و نهایی عشق، شناخته و مطرح شود. آیا شکل گرفتن باورها و قانون‌ها و عرف‌ها و رسم‌ها و آیین‌های مربوط به زندگی جمعی انسان‌ها و مسائلی مانند ازدواج و ازدیاد نسل، باعث این نکته بوده و بعد هم شکل گرفتن داستان‌ها و روایت‌ها و اسطوره‌ها در بین گروه‌های انسانی و قبیله‌ها و تمدن‌ها و گسترش و تکامل ادبیات و منابع شفاهی و مکتوب ادبی و تبادل فرهنگی بین جامعه‌ها و تمدن‌های مختلف، آن را تقویت و پررنگ کرده است؟ پرسش طولانی‌ای است که حتی می‌تواند مفصل‌تر هم

باشد. مثلاً می‌توان نقش رسانه‌ها و محتواهای رسانه‌ای امروزی در فضای بیکران مجازی و اطلاعاتی حاضر را نیز، بخشی از عوامل شکل دهنده به باورهایی دانست که هدفی خاص و مشخص برای عشق قائلند یا دست‌کم، مسیری ویژه‌تر را برای آن، تبلیغ و ترویج و بازنمایی می‌کنند.

ولی مسأله اینجاست که ما خودمان را عادت داده‌ایم به ساده‌کردن مسائل و جای دادن‌شان در قالب‌هایی مشخص و محدود. ساده‌کردن یک مفهوم یا مسأله، به خودی خود، چیز بد یا ناخوشایندی نیست، اتفاقاً خیلی از اوقات می‌تواند به درک و دریافت آسان‌تر یا صمیمانه‌تر آن نیز کمک کند، اما منظورم در اینجا از عبارت ساده‌کردن، نادیده گرفتن جنبه‌های گوناگون و متنوعی‌ست که می‌تواند نوع نگاه و دریافت و برقرارکردن ارتباط با مفهوم خاص یا پیچیده‌ای مانند عشق را عوض کند یا تحت تأثیر قرار دهد. عشق جلوه‌های بی‌شمار یا دست‌کم بسیار پرشماری دارد و در هر کدام از آنها می‌تواند بروز کند و لمس و احساس شود، اما گفتن یا معتقد بودن به این نکته که آدم یک بار عاشق می‌شود یا عشق، تنها حالتی از احساسات عمیق حاکی از دوست داشتن است که باید بین دو فرد شناخته شده با عنوان عاشق و معشوق اتفاق بیفتد و سرانجامِ آن هم، وصال و پیوندی دائمی باشد تا جایی که تنها، مرگ و نیستی بین آنها جدایی و فاصله اندازد و تازه، ویژگی‌ها و شاخ و برگ‌هایی که داستان‌ها و روایت‌ها و متن‌های گفته شده و نوشته شده برای عاشق و معشوق برشمرده‌اند و حد و مرزهایی که تعیین کرده‌اند، قالب مشخص شده برای عشق را بیش از پیش، فشرده‌تر و کوچک‌تر و تنگ‌تر می‌کند و آن را مبدل می‌سازد به قاب تزئینی کم خاصیتی برگوشه‌ای از دیوار زندگی ملالت‌بار و تکراری آدمی که فقط اگر بیفتد و بشکند (که بارها و بارها در فیلم‌ها و نمایش‌ها و تصویرهای داستانی و رسانه‌ای دیده‌ایم) توجهی به خود جلب می‌کند و تلنگری برای یادآوری می‌زند که آن هم معلوم نیست که اثری دارد یا نه؟

می‌خواهم بگویم که مفهوم عشق و نشانه‌های مربوط به آن، پیچیدگی‌های

خاص خودش را دارد و آنها که این نکته را دریافته‌اند و اگر اهل هنر و قلم بوده‌اند، آن را بازتاب داده‌اند؛ هم بسیار کم تعدادند و هم بیش از دیگران، در معرض نقدهای تند و محکوم شدن به کم‌توجهی و بی‌توجهی بوده‌اند و البته که تاوان فهمیدن در دنیای آدم‌ها، تبعید شدن است!

می‌خواهم چیزی را بگویم که شاید خودت آن را خوب بدانی یا هر چه تجربه‌ی بیشتری می‌اندوزی، بهتر و عمیق‌تر درک می‌کنی. در این عالم وانفسای قضاوتگرِ مجازات‌مدارِ سرزنش کننده‌ی ناتوان از دیدن و شنیدن و فهمیدن، آدم‌ها ناچار شده‌اند به کتمان کردن و پوشانیدن حقایق وجودی خودشان. ناگزیر شده‌اند به بازی کردن نقشِ معمولی بودن در میان دیگران. دیگرانی که اغلب نه غریبه، که اطرافیان و به‌ظاهر، آشنایان، نام دارند. آدم‌ها مجبور شده‌اند که بر تمایلات‌شان، تفکرات‌شان، احساس‌های‌شان و البته، عشق‌های‌شان، سرپوش بگذارند و نقش بازی کنند.

هستند کسانی هم که ناتوانند از درک عشق و فقط تلاش می‌کنند تا ادای عشق ورزیدن را درآورند و همه‌ی این نقش بازی کردن‌ها و ادا درآوردن‌ها را، با نشانه‌ها انجام می‌دهند؛ اما نشانه‌هایی که برای این مقصودها استفاده می‌شوند، نخ‌نما و فرسوده و تکراری و خسته کننده و حال به‌همزن شده‌اند. بگذار تا کمی، فقط کمی، حرف‌های نشانه‌شناسانه بزنم! فکر می‌کنم که منظورم را فقط از همین راه می‌توانم تا حدودی برسانم و بیان کنم. تعریف‌های کلاسی را کنار می‌گذارم. برای آشنایی با آنها، خوشبختانه کتاب‌های خوب و نوشته‌های مناسبی وجود دارد. فقط می‌خواهم بگویم که نشانه‌ها در بسیاری از اوقات، به خودی خود و بدون ارتباط با سایر شرایطی که بافت یا زمینه می‌نامیم، دارای معنای مستقل نیستند. مثلاً شکل یک ترازو، به شکل معمول و منفرد، می‌تواند مفهوم‌های مختلفی از برابری و عدالت، برج میزان درگاه‌شماری یا سنجش وزن یا ارزش اجناس و اشیاء را تداعی کند و فقط هنگامی می‌تواند دلالت مشخص‌تری داشته باشد که همراه با

نشانه‌های دیگر، ترکیبی تازه را ایجاد نماید. به عنوان مثال، یک ترازو که در قفس قرار داده شده، می‌تواند بر مفهوم بی‌عدالتی و ظلم، دلالت داشته باشد.

نشانه‌های عشق و عشق ورزیدن اما، مثل مفهوم خود آن، به مراتب پیچیده‌تر و دارای وابستگی بیشتری به شرایط هستند. شرایطی که خیلی وقت‌ها، به ویژه در ارتباطی که آن را میان عاشق و معشوقِ شناخته شده به صورت عام، می‌شناسیم، به دریافت‌ها و احساسات و درک طرفین عشق بستگی پیدا می‌کند و آن‌وقت، شاید بسیار غریب بنماید که دورکردن و پس زدن و حتی (به‌ظاهر) آسیب رسانیدن را نیز جزو نشانه‌های عشق ورزیدن به شمار آوریم. شاید مثل مرغ مادری که پس از مدتی به جوجه‌هایش حمله می‌برد و آنها را به شکلی از خود می‌راند تا راه مستقل شدن و وابسته نبودن را برایشان هموار کند، آیا این نمی‌تواند جلوه‌ای ازعشق مادر به فرزندانش باشد[1]؟

روابط آدم‌ها، دچار پیچیدگی‌ها، دشواری‌ها و گوناگونی بسیار است. اگر چه عشق می‌تواند در میانه‌ی این هیاهوی عجیب و کلاف‌های در هم تنیده (از ارتباط‌ها)، به سادگی، خود را درآغوش بی اختیارگشوده‌ی کودکی برای یک غریبه نشان دهد و این از خاصیت‌های عشق است که خود را اسیر قالب‌ها و رأی‌ها و قضاوت‌ها نمی‌کند. می‌خواهم بگویم که مهرورزیدن، توجه نشان دادن، مراقبت کردن، همراه بودن، دوست داشتن و بسیاری مفهوم‌های دیگرکه درارتباط‌های دوستانه و عاشقانه مطرح هستند، در نزد هر فرد، نشانه‌های خاصی را به همراه دارد و اگر با چنین نشانه‌هایی ابراز شود، مفهوم قابل لمس خود را می‌یابد. برای یک نفر، اهدای یک شاخه‌ی گل، می‌تواند نشانه‌ای از محبت بی‌دریغ و دوست داشتن زیاد باشد و برای دیگری، همان شاخه‌ی گل، معادل دردسر نگهداری و خشک شدن وکثیف کردن محیط خانه است. به همین وضوح و راحتی. نمونه‌هایش را کم ندیده‌ایم، اما میل و علاقه‌ی اکثر ما، به باور داشتن شکل خاصی ازنشانه‌ها و دلالت‌هاست. ما دوست داریم که اهدای یک شاخه گل را، نشانه‌ی پیوندی ازسر

---

۱. البته فیلم‌های معروف به فیلم هندی را در این بین نادیده بگیر!

محبت و مودت (همان دوستی یا دوست داشتن) بین دو نفر بدانیم که می‌توانند عاشق و معشوق باشند. ما اغلب مفهوم‌های جاری در زندگی را، در شرایط معمول و روزمره تجربه می‌کنیم، اما گاهی آدم‌ها در شرایطی خاص‌تر قرار می‌گیرند، شرایطی که نیازمند تصمیم‌های سخت در فرصت‌هایی کوتاه است. فیلمی بود به نام حد عمودی[۲] (ساخته‌ی سال ۲۰۰۰) که در ابتدای آن، یک پدر به همراه دختر و پسر کوهنوردش، در حال صعود از صخره‌ای بلند و عمودی بودند. هر سه با یک طناب مخصوص کوهنوردی، به یکدیگر اتصال داشتند و پدر، نفر آخر در صعود بود. ناگهان لغزشی اتفاق افتاد و از بدنه‌ی صخره جدا شدند. طناب از محل اتصال به گیره‌ی داخل صخره، در حال جدا شدن و پاره شدن بود. وزن آویخته شده به طناب باید کم می‌شد تا شانسی برای نجات، باقی باشد. پدر امکان بریدن طناب را نداشت، بر سر پسرش فریاد کشید که طناب را بِبُر تا زنده بمانید و پسر، مردد و وامانده که چه کند. از یک طرف پدرش اصرار داشت که طناب او را قطع کند تا جان فرزندانش نجات یابد و از طرفی، خواهرش ضجه می‌زد و فریاد می‌کشید که این کار را نکند. تو اگر به‌جای آن پسر بودی چه می‌کردی؟ شاید روی دادن و مواجه شدن با چنین موقعیت‌هایی با این شدت و فوریت، در زندگی‌های عادی و معمولی، بسیار نادر و کمیاب باشد، اما باور کن که خیلی وقت‌ها، تشخیص درست و نادرست، خوش سرانجام و بدفرجام، نفع و ضرر، خوب و بد، بد و بدتر، خوب و خوب‌تر، شبیه به تصمیم‌گیری در چنین موقعیتی‌ست. ممکن است که از سر عشق زیاد، کاری را انجام دهی که تو را منفور و پلید و بی‌مرام بشمارند و یا با واکنشی مواجه شوی که همین برداشت‌ها را درباره‌ی دیگران داشته باشی، اما نیت درونی تو یا آنها، چیز دیگری بوده باشد. ممکن است نتوانی دلیل‌هایت را بگویی یا نگذاری که دلیل‌های‌شان را بیان کنند. آدم‌ها، اسیر هزارتوهای بی‌اندازه عجیب و پیچیده‌ای هستند. ترس از گفتن، ترس از رنجیدن، ترس از قضاوت شدن، از سوءبرداشت، سوءتفاهم، ازگسسته شدن ارتباط، از جنگ، از بحث، ترس از آزرده شدن، همه و همه، مانع‌هایی بر سر

۲. Vertical Limit

راهِ گفتن و شنیدن میان آدم‌ها هستند و نمی‌توانیم به سادگی واکنش‌های‌مان را پنهان کنیم یا آشکارا از احساس‌های‌مان سخن بگوییم و انتظار داشته باشیم که دیگران، چه یک نفر باشد و چه یک جمع پُرشمار، ما را بفهمند و درک کنند و واکنش کاملاً مناسب و متناسبی نشان دهند. این است که آدم‌ها، در شلوغی ظاهری اطراف‌شان در هیاهوی فضاهای واقعی و مجازی پیرامون‌شان، اسیر تنهایی خود هستند و اغلب، یاگیج و سردرگمِ هزارتوهای پیچیده‌ی درون‌شان و یا به اجبار، در ویترین عمومی و شلوغ و در دسترس بیرونی و ظاهری‌شان به سر می‌برند. حالا فکر کن که در چنین حال و هوایی، در چنین شرایطی، یکی باشد که از اعماق وجودش تو را بفهمد و تو او را بفهمی، یکی باشد که بتوانید با نگاه مهربانانه به چشم‌های هم، عشق را در وجود یکدیگر جاری کنید؛ کسی که اگر چه هزارتوهای وجودی خودش را دارد، اما هر بار بتوانید گوشه‌ای از دنیای همدیگر را کشف کنید و از بودن با هم، در مقابل پنجره‌ای رو به دنیای وسیع درون‌تان، به خیال‌های رنگارنگ و چشم‌نوازتان، به احساس‌های جاری و زلال‌تان، خرسند و غرق در لذت و شادمانی شوید. یکی باشد که هنگام بودن با او، احساس کنید که می‌توانید روح یکدیگر را لمس کنید و از حس سبکی و لطافتی که درمی‌یابید، سرشار و سرمست شوید. چه حضور بی‌نظیر و یگانه‌ای خواهد بود. یکی شدن عاشق و معشوق، به آسانی رخ نمی‌دهد، اما اگر شکل بگیرد، اگر اتفاق بیفتد؛ نشانه‌ها، خلق، فهمیده و درک خواهند شد. حرف من درباره‌ی یکی شدن نیست، درباره‌ی دریافتن و فهمیدن و احساس کردن است. اگر چه شرح دادنش دشوار می‌نماید، اما می‌توانی آن را به تجربه دریابی و البته که هر شناخت و آگاهی و وسعت دید و افق نگاه بلندتر و والاتری که بیابی، تجربه‌ی بیشتری را در زمان نزدیک‌تری کسب خواهی کرد و شاید این آخرین توصیه‌ی من به تو در سطرهای این نوشتار باشد، که تلاش کنی این چنین باشی و به چنین مرحله و درجه‌ای برسی و بدانی که همواره دوستت می‌دارم و با عشق تو، زندگی می‌کنم.